DISCOURS

DE

M. SAINT-RENÉ TAILLANDIER

Paris. — Typographie Georges Chamerot, rue des Saints-Pères, 19.

DISCOURS

DE

M. SAINT-RENÉ TAILLANDIER

PRONONCÉ

A L'ACADÉMIE FRANÇAISE

Le jour de sa réception, 22 janvier 1874.

PARIS

LIBRAIRIE ACADÉMIQUE

DIDIER ET Cie, LIBRAIRES-ÉDITEURS

35, QUAI DES AUGUSTINS

1874

DISCOURS

DE

M. SAINT-RENÉ TAILLANDIER

MESSIEURS,

Un poëte de nos jours a dessiné en quelques traits une expressive image de la société du XIXe siècle et des devoirs qui lui sont imposés. Faisant son voyage d'Italie, il traverse les Apennins du côté du pays de Naples, et là, au penchant de la montagne, il aperçoit une de ces retraites où se conservent les traditions pieuses et la science contemplative du haut moyen âge. Plongé dans sa méditation, un moine priait au fond de sa cellule. Tout à coup, un bruit extraordinaire se fait entendre. On dirait une tempête. Qu'y a-t-il? Est-ce le Vésuve qui éclate? Le solitaire interrompt sa mystique étude et s'approche de la fenêtre. Le ciel était pur, rien ne troublait la sérénité de l'atmosphère, aucun signe n'annonçait l'éruption redoutable; le Vésuve reposait. Ce bruit soudain pareil à un ouragan qui passe, c'était un train de chemin de fer, le premier train d'une ligne nouvelle qui prenait possession de la vallée avec sa machine en feu, ses sifflements, ses mugissements et ses panaches de fumée. Le contraste était bien fait pour frapper l'imagination du poëte : sur les hauteurs, le blanc camaldule distrait un instant de sa rêverie sublime, dans la plaine l'ardeur, la fièvre, l'irrésistible impétuosité du labeur humain. Cette double apparition lui représente l'état de notre société; il revoit là, dans un dramatique relief, ce qu'il a vu si souvent sur sa route : deux mondes qui ne se connaissent pas, deux courants de volontés qui restent étrangères les unes aux autres, et qui pourtant ne réaliseront jamais le bien dont elles sont capables, si elles ne parviennent pas à s'unir. Ces paisibles contemplateurs des choses éternelles seront-ils toujours indifférents aux destinées de la terre et aux conquêtes du génie de l'homme? Ces fiers enfants du siècle refuseront-ils toujours d'élever leurs regards vers les cieux? Telle est la préoccupation du poëte, du penseur, et il s'écrie, résumant sa plainte en ce double reproche :

O moine, que fais-tu dans ta sphère idéale?
Vois, le temps est vaincu, l'espace est rapproché.
Vous, mortels, qui passez comme une bacchanale,
Oublierez-vous le but final, le but caché?

En vous rappelant, Messieurs, ce poétique symbole emprunté au Virgile de la Bretagne, Auguste Brizeux, j'ai tracé le cadre du tableau où votre bienveillance m'a confié le soin de reproduire les traits vénérés de mon prédécesseur. La vie entière du P. Gratry, prêtre de l'Oratoire et membre de l'Académie française, a répondu au vœu du poëte. Personne n'a vécu plus intimement dans la contemplation des choses divines, dans les révélations et les ravissements de la science sacrée; mais aussi personne n'a plus aimé son siècle, n'en a mieux compris la grandeur, n'en a mesuré d'un regard plus sûr les effroyables périls; personne, enfin, ne s'est associé d'un cœur plus tendre à ses triomphes et à ses désastres, à ses angoisses et à ses espérances.

Vous m'avez accordé, Messieurs, l'honneur que je désirais si vivement de prendre place au milieu de vous. Cet honneur, le plus grand que puisse souhaiter un écrivain voué au culte des lettres et au service du bien public, vous me l'avez rendu, si je puis le dire, particulièrement aimable et doux, en me chargeant de prononcer dans cette illustre enceinte la louange du P. Gratry. Le meilleur moyen de vous témoigner ma reconnaissance, c'était de pénétrer dans cette âme si belle, si riche, me permettrez-vous d'ajouter si peu connue, afin de vous en rendre ici quelque chose et de la déployer devant une assemblée d'élite. C'est ce que j'ai tenté de faire, Messieurs. N'ayant pu qu'entrevoir le P. Gratry, quand nous le possédions encore, j'ai mis tous mes soins à le retrouver dans le cœur de ses amis, dans la tradition de ses disciples, dans ses œuvres surtout, œuvres singulières et hardies, pages simples, naïves, qui s'illuminent subitement de clartés étranges, vastes compositions philosophiques qui ressemblent à des poëmes, merveilleux fragments d'un système où les arguments tirés des sciences les plus abstraites, des parties les plus hautes des mathématiques, sont associés aux élans d'une imagination éblouissante, enfin, pour tout dire, œuvre d'un savant, d'un métaphysicien, d'un théologien, d'un mystique orthodoxe, qui écrit le plus simplement du monde cette parole extraordinaire où il se révèle tout entier : « Le premier chapitre de la logique, c'est la poésie. »

Comment ce mystique, au lieu de s'enfermer dans les hauteurs où son âme l'emportait d'un vol si aisé et comme d'un seul coup d'aile, était-il sans cesse occupé de la société présente? Comment le doux rêveur de la cité divine était-il attaché par toutes les fibres de son cœur à la cause de la cité humaine? D'où lui venait cette attention constante à nos progrès et à nos chutes, ce besoin de porter avec nous le poids du jour, de souffrir de nos misères, de partager nos périls, de nous rappeler nos devoirs, de proclamer nos droits et nos légitimes ambitions? J'ai essayé de le découvrir, j'ai essayé de recomposer, d'après les confidences éparses dans ses livres, la suite de ses inspirations et l'ensemble de ses pensées. Puissé-je, en traçant cette image, vous la montrer telle que je la vois! S'il m'est donné d'y réussir, vous y retrouverez le philosophe chrétien dont la candeur vous charmait, et peut-être aurai-je l'avantage de révéler à bien des esprits une des physionomies les plus originales de la littérature française au XIXe siècle.

C'est à Lille, en 1805, que naquit votre confrère. La Flandre, cependant, n'a pas le droit de le réclamer tout entier. Son père, chargé d'un emploi dans l'intendance militaire, avait été appelé par ses fonctions aux frontières du Nord et s'y était marié à une jeune fille du pays. On a remarqué plus d'une fois, dans l'histoire des lettres, que d'éminents écrivains, surtout les hommes de vive imagination, de sentiments délicats et subtils, avaient reçu de leur mère quelque chose de particulier, une influence plus directe, et comme une empreinte de l'âme, si l'on peut ainsi parler. La mère du jeune Gratry s'était mariée à seize ans, elle en avait dix-sept quand ce premier-né vint au monde ; dix-sept ans et une nature si simple, une âme si candidement épanouie ! A voir la jeune mère auprès de ce berceau, on l'eût prise pour une sœur aînée. Cette influence, cette impression d'une nature presque enfantine, M. Gratry la conservera toute sa vie. Fils d'une enfant, il gardera toujours, au milieu des plus hautes spéculations de la métaphysique, le sourire et l'ingénuité de l'enfance. Ses amis les plus intimes m'ont signalé ce trait comme vraiment digne de remarque. Il avait un culte pour sa mère, et ces deux âmes n'en faisaient qu'une. Les incidents de sa première éducation resserrèrent encore ces attaches déjà si fortes. Dans une vie errante, au milieu d'un pays étranger, — car les fonctions du chef de la famille l'avaient conduit de ville en ville jusqu'au fond de la Prusse, — l'enfant avait encore plus besoin de cette mère si tendrement aimée. Elle était pour lui la patrie sous sa plus douce image.

La patrie! cet autre amour filial se développa de bonne heure chez votre confrère ; les témoignages que j'ai recueillis insistent sur ce point. Il avait huit ans, quand il revint de Magdebourg en France, ramené avec nos armées en retraite à la veille d'une campagne héroïque. La joie qu'il éprouva de revoir le pays natal, même au milieu des émotions, des craintes, des angoisses, dont il lisait la trace sur le visage de ses parents, fut une des grandes impressions de sa vie. Il ne pouvait en parler plus tard sans une émotion singulière. Esprit né pour la méditation, il percevait déjà dans ces mouvements intérieurs une idée de ce que les philosophes appellent le sentiment du moi, la conscience de la personne, idée confuse encore, assez vive toutefois, assez durable, pour que le penseur éprouvé s'y référât plus tard et y reconnût le fond même de notre nature morale, l'aspiration à l'être, à la plénitude de l'être.

N'est-ce pas à ce propos qu'il s'écrie dans le livre *de la Connaissance de Dieu* : « Que ne pouvons-nous nous rappeler notre première enfance ! » et, signalant les impressions toutes neuves de l'âme vierge, il ne craint pas d'ajouter : « Il y aurait plus de philosophie dans cette sagesse passive des petits enfants que dans les livres des philosophes. » Remarquez aussi ces éloquentes paroles : « Tout le fond religieux, poétique, intelligent de l'âme était en ce moment éveillé, remué. Une lumière pénétrante, que je vois encore, m'enveloppait. Oui, je vois encore, après quarante années, tous ces faits intérieurs et les détails physiques qui m'entouraient. Qui n'a pas dans sa vie un de ces souvenirs transfigurés sur lesquels le temps ne peut rien? On voit encore, on voit toujours (1). »

Ainsi, du travail inconscient des premières années de la vie, jaillissait déjà pour lui une source d'inspirations secrètes,

Car souvent une idée en notre esprit s'enfonce,
Ce qui nous a frappés nous revient par moments
Et l'enfance naïve a ses étonnements (2).

Après cette enfance *naïvement étonnée*, comme dit le poëte, sa jeunesse fut grave et studieuse. De solides études commencées en province au collége de Tours s'achevèrent brillamment à Paris. En 1824, le jeune Gratry, élève du collége Saint-Louis, obtenait en philosophie au concours général le premier prix de dissertation française et le second prix de dissertation latine. Il l'avait emporté sur des condisciples d'un rare mérite qui, après avoir parcouru avec éclat des carrières diverses, sont réunis désormais dans cette grande famille de l'Institut : il suffit de citer les noms de M. Valette, de M. Natalis de Wailly, de M. Drouyn de Lhuys, de M. le comte Daru.

Si vous lisez aujourd'hui les pages du brillant écolier avec l'espérance d'y trouver quelques indices de cette imagination hardie qui plus tard animera tous ses ouvrages, vous serez un peu déçu dans votre attente.

(1) *Connaissance de Dieu*, tome II, pages 167-168.
(2) Victor Hugo, *les Feuilles d'automne*.

Le jeune philosophe, derrière les murs de son collége, subissait alors une crise profonde, mais une de ces crises que la pudeur de l'âme dissimule à tous les regards, qu'on enferme religieusement en soi jusqu'à l'heure où l'esprit, assuré de sa victoire, peut en parler sans embarras et sans trouble. De là peut-être la gravité didactique de ses discours. Il disserte sur l'autorité du sens intime ou sur l'association des idées dans la langue de Condillac; l'ensemble de la composition n'indique rien des sentiments qui l'agitent. Une seule fois, il jette un cri soudain et nous laisse entrevoir quelque chose de ce qui se prépare en lui. Il a rencontré sur son chemin une philosophie du christianisme qui l'étonne, philosophie sublime, mais effrayante, qui bouleverse l'ordre naturel du monde et de l'humanité, afin d'élever l'ordre divin sur un amas de ruines. Un chrétien a osé dire qu'il n'y a ni principes ni règles pour la créature déchue, que l'absolu est une chimère pour la raison de l'homme, qu'il suffit de quelques degrés du méridien, de la position d'un fleuve ou d'une chaîne de montagnes, pour faire ici-bas le bien et le mal, la laideur et la beauté ! Attiré par la passion tragique de cette grande âme, troublé par cette doctrine étroite et sombre, épouvanté de voir une main à la fois si sainte et si téméraire ébranler les premiers supports de la foi où il aspire, il proteste dès le premier jour contre le jansénisme de Pascal : « Quoi ! s'écrie l'écolier de 1824, le type éternel de vérité, de beauté, de vertu, dont une vue même confuse et incomplète, a-t-on dit, excite dans l'homme d'insatiables amours et le fait souvenir des cieux, cette image de toute perfection ne serait donc comme tant d'autres, ô Platon, qu'une chimère de ton imagination brillante! Homère, Virgile, Bossuet, Fénelon, sont éloquents par préjugés! Socrate, Caton et tous les héros de l'histoire ne sont que des accidents! Non, répondrons-nous avec confiance. Il est en nous un principe qui est la vie de l'homme, qui est l'homme tout entier. Ce principe est l'amour, amour de la vérité, de la beauté, de la vertu. C'est lui qui nous fait exister, vouloir et agir. » Ainsi parlait à dix-neuf ans, dans une dissertation de Sorbonne, celui qui devait être un jour le P. Gratry.

Ce n'est là qu'un cri cependant, ce n'est qu'une protestation toute naturelle chez un esprit droit; il se passait de bien autres choses dans l'âme de ce jeune homme. Il avait, philosophe, des intuitions extraordinaires; poëte, il avait des visions, les unes terribles, les autres éblouissantes. Les sentiments de sa vie entière, telle que vont la faire quarante années de méditations, sont concentrés par avance dans ces heures de flamme. Vous me demandez, Messieurs, à l'aide de quelles révélations j'ose vous introduire ainsi au fond le plus secret de sa conscience? Je ne suppose rien, je n'imagine rien, je me sers simplement des confidences qui lui échappaient dans ses discours et qui donnent à son enseignement un charme incomparable.

Le P. Gratry, racontant de quelle manière il est devenu chrétien, a tenu à nous dire dans le plus grand détail quelle suite de visions logiquement enchaînées a décidé de sa vie. Il était encore au collége, il avait dix-sept ans, son âme était étrangère à toute idée religieuse ; seulement il aspirait avec une confiance juvénile à la plénitude du bonheur. Or, une nuit, dans la cellule du dortoir, rêvant à sa destinée, il a tout à coup cette vue et ce sentiment d'une existence heureuse, féconde, éclatante, à laquelle rien n'a été refusé ; génie, richesse, amour, tous les biens de ce monde lui appartiennent. Il va si vite, ce beau rêve, que les années succèdent aux années, toujours plus actives, toujours plus glorieuses, pleines d'œuvres et pleines de joies. Autour de lui cependant tombent l'un après l'autre tous les êtres qui lui sont chers. Le voilà seul. Bien que ses enfants aient eu le temps d'accomplir leur tâche, l'illustre et grand vieillard leur survit. On dirait que la sombre messagère hésite à l'effleurer de son aile. « Comme le tronc vidé d'un vieil arbre, il dure par son écorce. » L'heure sonne enfin : la mort est là. La mort! Qu'est-ce donc qu'on appelle la vie? Qu'est-ce que cette chose si promptement dévorée? Il la sentait si riche, si longue; il la voit si pauvre et si courte! Telle est l'intensité de cette vision, qu'il lui semble toucher encore son berceau d'une main, quand de l'autre déjà il va toucher sa tombe. A cette vue, le rêveur est pris de désespoir, tous ses instincts se révoltent, il s'irrite d'ignorer ce que signifient ces deux mots, la vie, la mort ; il s'étonne que tous les hommes ne forment pas une ligue pour écraser l'ennemi. Les hommes! ils ne songent à rien. Les uns sont misérablement affairés, les autres sottement frivoles; tous lui font l'effet de ces nuées de moucherons qui bourdonnent et qui dansent dans un rayon de soleil. « A quoi servent ces apparitions d'un instant au milieu d'un fleuve qui passe? Pourquoi passe-t-on? Pourquoi est-on venu? A quoi bon tout ce qui existe ? »

Dans cet ébranlement de tout son être, un cri lui échappe, un cri étrange qu'il n'a pas conscience d'avoir poussé lui-même et qui sort pourtant du plus profond de son âme : « O Dieu ! expliquez-moi l'énigme. Mon Dieu ! faites-moi connaître la vérité ; je jure de lui consacrer ma vie. » Ce cri inconscient était d'une nature si particulière qu'il contenait, pour ainsi dire, la réponse sollicitée avec tant de foi et d'ardeur. Apaisé aussitôt, il comprit qu'il y avait une vérité, que cette vérité était belle, bienfaisante et répondait à tout. « Je la chercherai, dit-il, je la connaîtrai, ma vie lui appartient (1). »

Le P. Gratry appelle cette première vision le grand événement de sa vie. La veille, il était encore un enfant; le lendemain, c'était un homme. Il chercha... n'oublions pas qu'à cette date il était éloigné de toute idée religieuse, et que le christianisme, je répète ses expressions mêmes, lui faisait horreur. Il chercha, et que trouva-t-il ? Ce qu'ont trouvé comme lui tant d'autres penseurs obstinés qui cherchaient avec toute leur âme; il trouva ce christianisme qu'il blasphémait naguère.

Tout cela, du reste, se passait sans bruit, sans éclat,

(1) *Les Sources*. Première partie.

à l'insu de ceux qui l'entouraient. Après sa classe de philosophie, quand il employa une année, une année seulement (mais aussi avec quelle force de volonté, avec quelle ténacité d'intelligence !), à se préparer pour l'École polytechnique, ses camarades savaient-ils qu'il n'avait en vue qu'une seule chose : armer son esprit de toutes pièces, posséder les ressources de la science comme celles des lettres, pour les consacrer à la défense de la vérité chrétienne ? Non, ses condisciples l'ignoraient. Il était bon, aimable, sympathique à tous, mais volontiers silencieux et réservé. Je répète ici le témoignage de deux hommes d'État qui, reçus avec lui et presque au même rang, furent ses compagnons les plus intimes à l'École polytechnique. Malgré l'affection qui attachait le P. Gratry à M. Leplay et à M. le comte Daru, ils n'ont su que bien plus tard, comme nous tous, par les ouvrages de leur ami, la crise nouvelle que le penseur eut à subir, la nouvelle vision qui enchanta les regards du poëte,

Singulier phénomène ! le christianisme auquel il venait de promettre sa vie, loin de le remplir de joie, comme il arrive chez les néophytes, le frappait d'épouvante. Il craignait que la discipline catholique ne l'obligeât à mépriser cette terre, à mépriser la vie, à vivre sans joie jusqu'à l'heure de la mort qui lui ouvrirait le ciel. Ce ciel même, que serait-il ? Je ne sais quel espace vide, pareil à l'Élysée antique habité par les ombres. Une tristesse mortelle s'était emparée de lui. Ni les prières, ni les pratiques du culte, ni la forte saveur des Écritures, ne pouvaient l'arracher à cette torpeur. Il avait perdu le goût de la vie. Il se prenait à redire les lamentations du prophète, et ses murmures contre Dieu : « Il m'a guidé... Il m'a fait arriver aux ténèbres et non à la lumière... Il m'a plongé dans un lieu ténébreux, comme les morts, pour l'éternité... Ma vie est tombée dans un gouffre. » Savez-vous ce qui le tira de ce gouffre, ce qui lui rendit le désir de vivre ? Ce fut le besoin d'aimer. Quoi ! mépriser cette terre où souffrent des hommes que je puis secourir, mépriser cette vie qui me procure l'occasion de faire du bien à mes semblables, mépriser et vouloir quitter au plus vite ce monde si beau que mon devoir est d'embellir encore ? non, non, se disait-il, Dieu m'ordonne tout le contraire. Il écarte donc comme des images mensongères ces idées d'une terre ténébreuse et d'un ciel peuplé de fantômes. Il se rappelle saint Augustin disant qu'une société, une république, constituée selon l'esprit de l'Évangile, serait, par sa félicité, l'ornement de cette terre où nous sommes : *Terras vitæ præsentis ornaret felicitate sua respublica.* Bien plus, cette cité merveilleuse, il a pu la contempler de ses yeux. Pour le consoler de ses noires tristesses, Dieu lui en a donné la vision, une vision claire, lumineuse, aussi substantielle que la réalité. Oui, il a vu cette république, il a vu cette ville, et il la nomme du nom le plus beau, le plus rare : *la ville dont tous les habitants s'aimaient.* O la ville charmante ! la ville heureuse ! Combien il serait doux de l'habiter en ce moment ! Où faut-il la chercher, Messieurs, et qui donc nous en dira le chemin ?

Vous rappelez-vous dans les tableaux de Raphaël ces paysages qui forment le fond de la scène? Quelques traits suffisent au peintre pour donner l'idée du pays privilégié où a marché le Sauveur : un ciel du bleu le plus doux, une atmosphère limpide, un ou deux arbres sur les premiers plans, tout au fond des collines doucement éclairées et la silhouette légère de quelque bourg. On ne voit d'abord que le sujet principal sur lequel le maître a concentré les effusions de son génie : la sainte famille, la belle jardinière ; peu à peu cependant on se sent pénétré par l'influence de cette nature qu'un art si savant et si pur associe aux personnages du divin livre. On se persuade que Raphaël a vu ce beau pays, non-seulement *dans une certaine idée*, comme il disait, non-seulement dans une transfiguration de ces douces campagnes de l'Ombrie où s'était épanouie son enfance, mais qu'il l'a vu en effet, qu'il a foulé ces prairies en fleur et parcouru ces collines. Magique pouvoir du grand artiste ! Il vit dans un monde que son imagination a créé. Plus vive et plus étonnante encore est l'imagination du mystique penseur. Son désir du bien idéal est si fort qu'il devient pour lui une réalité. Le P. Gratry affirme qu'il a vécu deux mois dans cette ville *dont tous les habitants s'aimaient*.

Comment ne pas sourire quand il nous peint les circonstances de son séjour, ses rapports avec les hommes, ses rencontres, ses aventures, surtout cette félicité inexprimable, devenue en quelque sorte la condition de la vie et que l'on respirait comme l'air? Nouveau venu dans cette ville, il y était parfaitement à l'aise. Il en connaissait les rues, les maisons, les habitants. Tous se fiaient à tous. Il n'y avait là ni menteur ni traître. Le travail était une joie, car il accomplissait quelque chose de providentiel, et l'homme était associé aux ouvrages de Dieu. La mort n'avait rien de redoutable. C'était simplement un voyage, sans aucune des incertitudes qui attristent l'heure des adieux ; on se quittait pour se revoir, et au milieu de quelles tendresses, au milieu de quelles hymnes d'espérance ! Les survivants essuyaient une larme et reprenaient leur travail. S'il y avait parmi les habitants des artistes, des peintres, des musiciens, les rencontres qu'ils faisaient dans la rue leur offraient des jouissances exquises. Que de mélodies à noter ! Que de nobles images à reproduire ! « Je n'oublierai jamais, dit le poétique voyant, ce groupe de femmes que j'aperçus devant cette petite et humble maison d'un faubourg. C'étaient des moindres de la cité. Mais quelle surnaturelle beauté ! Quelle royale dignité ! Quelle gracieuse et sainte contenance ! Quelle clairvoyante sagesse dans leur regard ! Quelle lumière purificatrice dans leurs yeux ! Quelle musique du ciel dans leur voix ! Quel amour dans leur accueil, lorsque je m'avançai vers elles plein de confiance, de bonheur et d'admiration (1) ! » — Avais-je tort, Messieurs, de vous rappeler tout à l'heure ces paysages lumineux, ces scènes noblement familières que le peintre d'Urbin découvrait

(1) *Crise de la foi. Conférences philosophiques de Saint-Étienne du Mont.* 1863, pages 201, 202.

au pays de l'Évangile? Il y a du Raphaël dans la vision du P. Gratry, et Raphaël seul aurait pu rendre la royale beauté de ce groupe de femmes.

J'ai insisté sur ces premières crises de l'âme chez le studieux jeune homme parce qu'elles nous expliquent d'avance les traits distinctifs de son esprit : l'imagination dans la foi, la poésie dans la science, et, au milieu des extases du mysticisme, le dévouement le plus tendre aux intérêts de l'humanité.

Transportons-nous maintenant quelques années au delà. M. Gratry a fini ses études à l'École polytechnique, il en est sorti officier d'artillerie; mais, résolu à se consacrer au service de Dieu, il a immédiatement donné sa démission. En vain son père, qui se réjouissait de lui voir une carrière assurée, emploie-t-il les plus énergiques moyens pour l'y retenir. Privé de toutes ressources, obligé de se tirer d'affaire comme il pourra, le jeune savant donne quelques leçons pour vivre et s'endurcit aux privations. Il dira plus tard que ce furent là ses meilleurs jours. Dans ce commentaire si neuf, si riche de l'évangile de saint Matthieu, expliquant les paroles du Christ sur le petit nombre des ouvriers de la moisson, il s'écriera : « Frères bien-aimés, jeunes hommes pauvres, mais bravement décidés, ne craignez rien. Allez à la moisson, allez tout droit, sans même avoir emporté sur vous le moindre morceau de pain. Courage! l'ouvrier gagne sa nourriture. J'étais des vôtres, et je n'ai pas souffert la faim, sinon peut-être pendant quelques jours où Dieu même me comblait de joie : jours heureux, les meilleurs de ma vie (1)! » Il a donc connu la misère, il a vécu de pain et d'eau, ou plutôt il a vécu de la joie céleste qui nourrissait son âme.

Quelques mois après, il est à Strasbourg où il se prépare au sacerdoce. Il y avait alors dans cette noble cité, si riche en mérites de tous genres, une personne vénérée comme une sainte. Mlle Humann, la sœur du ministre habile qui dirigea longtemps les finances sous la monarchie de 1830, offrait depuis bien des années un des plus beaux types de la femme chrétienne. En 1793, au plus fort de la terreur, elle avait donné des exemples de dévouement et d'intrépidité qui rappelaient l'héroïsme de la primitive Église. Son action était grande sur tout un groupe de jeunes lévites que le service de la religion catholique avait réunis à Strasbourg. Un mot, un signe de sa part, étaient reçus comme des indications d'en haut. Avait-elle pensé que la retraite convenait mieux au polytechnicien que le ministère sacerdotal? Je ne sais. Une chose certaine, c'est qu'elle lui conseilla d'entrer dans un couvent de religieux rédemptoristes établi sur un des sommets de la chaîne des Vosges à quelques lieues de Strasbourg. M. Gratry hésita un instant. Quoi! s'ensevelir dans un cloître et mourir au monde, quand le christianisme, la religion de l'amour, lui apparaissait comme la libération du monde! Rien ne semblait plus opposé à l'inspiration fondamentale de sa vie. Il se soumit pourtant,

(1) *Commentaire sur l'Évangile selon saint Matthieu,* tome 1er, pages 195-196.

attiré par la vertu du sacrifice. — « Si j'étais, disait-il, resté officier d'artillerie, j'aurais dû, sauf contre-ordre, me faire tuer sur mes pièces! Le service du Christ veut que je meure aujourd'hui à mes espérances et à mes goûts; me voici. Sa volonté soit faite! » Et il s'enferma dans le cloître du Bischenberg (1).

Il y goûta les extases, il y cueillit les fruits d'or de la contemplation. D'où lui venaient plus tard ces idées si hautes qu'il prodiguait dans son livre *de la Connaissance de Dieu,* surtout dans le second volume de sa *Connaissance de l'âme?* Le métaphysicien récoltait ce qu'avait semé le néophyte du Bischenberg. Il fallait que ce penseur destiné à proclamer si haut les meilleurs principes du XIXe siècle eût vécu pendant quelque temps à la façon des contemplatifs du moyen âge, dans la cellule d'un *docteur angélique,* d'un *docteur sublime,* d'un *docteur très-chrétien.* Il ne devait pas toutefois s'y emprisonner à jamais; la Providence avait d'autres desseins. Après la révolution de 1830, le monastère du Bischenberg est évacué par les religieux, et le pieux solitaire, revenu à Strasbourg au milieu de ses amis, semble y commencer une vie toute différente. Non, ce n'est qu'une apparence. En réalité, il habite toujours sa cellule, il est toujours en méditation au sommet de la montagne. Professeur au petit séminaire, acceptant toutes les tâches avec un dévouement sans bornes,

(1) J'emprunte ces détails aux pages éloquentes du P. Adolphe Perraud : *Allocution prononcée au service funèbre célébré pour le repos de l'âme du P. Gratry dans la chapelle des religieuses de la retraite, le vendredi 14 février* 1873, in-8°. Paris, 1873.

chargé d'enseigner la grammaire, les lettres, la philosophie, les sciences, il n'avait pas dit adieu à ses recherches sublimes. Le soir venu, sous cette belle lumière nocturne dont il a si poétiquement parlé, il lisait les Pères, les docteurs, les mystiques, les philosophes du XVIIe siècle, Descartes, Bossuet, Fénelon, Malebranche, et, inspiré par ces grands maîtres, soutenu par ceux qu'il appelle les patriciens de la pensée humaine, il construit silencieusement son système.

Telle fut sa vie à Strasbourg, de 1830 à 1840. Il la continue à Paris pendant une nouvelle période de dix années. Directeur du collége Stanislas, où il a pour collaborateurs des hommes tels que Frédéric Ozanam, il assemble, il dispose les matériaux de son édifice. Surtout il lit et relit l'Évangile à la clarté de la science, avec les généreux enthousiasmes du XIXe siècle. Pénétré comme il l'est de l'esprit de notre âge, il s'applique à en découvrir la règle dans le livre qui contient pour lui la loi des temps et de l'éternité. Il croit du fond de son âme à ces beaux vers de Lamartine :

> Les siècles page à page épellent l'Évangile,
> Vous n'y lisiez qu'un mot et vous en lirez mille.

Ces mots que personne encore n'a lus, il veut, de toute la force de son esprit, il veut les déchiffrer. O joie! joie! pleurs de joie! comme disait Pascal. Le texte s'illumine, les termes cachés resplendissent en caractères de feu, et le maître s'exerce à les prononcer devant les enfants du collége Stanislas, devant les jeunes hommes de l'École normale, avant de les confier aux hasards de la prédication publique.

Il y a, Messieurs, dans une des épîtres de saint Paul, une doctrine de la parole sacrée qui ne devait pas échapper au P. Gratry. L'apôtre exhorte ceux qui veulent instruire leurs semblables à ne pas leur parler dans une langue inconnue. Rien de plus simple, dira-t-on; prenez garde, rien n'est plus rare. Qu'est-ce donc que cette langue inconnue? C'est la langue d'un autre temps, d'une autre société, une langue exprimant des idées qui ne touchent plus l'humanité de nos jours. « Pour moi, dit saint Paul, j'aimerais mieux dire cinq paroles seulement, mais cinq paroles intelligibles, que d'en proférer dix mille dans une langue inconnue (1). » Ce fut l'inspiration constante du P. Gratry. Il aimait les mots que l'esprit libéral du XIXe siècle inscrit sur le drapeau de la France, il les aimait chrétiennement, patriotiquement, attentif à ne pas en laisser corrompre le sens par les hommes d'anarchie et de despotisme révolutionnaire. Dans un livre consacré à l'un de ses disciples les plus chers, à ce noble Henri Perreyve si promptement dévoré par la flamme de son cœur, il le louait surtout de n'avoir jamais condamné les nobles passions de notre siècle, et, s'adressant à tous ceux qui parlent aux nations, à tous ceux qui enseignent les vérités d'en haut, prêtres ou laïques, il s'écriait éloquemment : « Honneur, raison, nature, patrie, courage, amour, science, liberté,

(1) *Première épître aux Corinthiens*, chap. XIV, v. 19.

progrès, pourquoi flétrir ces mots splendides ? ô poëtes, ô prophètes, ô apôtres ! donnez-leur tout leur sens, leur plus grand sens ; ce sera toujours le plus beau, le plus juste et le plus sonore (1). »

Comment cet esprit fait pour aimer et bénir a-t-il ouvert la longue série de ses ouvrages par une polémique irritée ? Mettons-nous au point où ce récit nous a conduits, toute apparence de contradiction disparaîtra. Il avait pendant vingt ans préparé une doctrine dont il attendait les plus bienfaisants résultats, il se félicitait d'avoir démêlé la révolution à la lumière de l'Évangile, il se croyait en mesure de réconcilier le christianisme et l'esprit moderne, il possédait sur toutes les grandes questions un ensemble de principes qui seuls, dans la crise où nous sommes, pouvaient assurer le salut du genre humain, et précisément à l'heure où il va dérouler page à page cet enseignement libérateur, il voit pénétrer d'Allemagne en France une philosophie qui ébranle les fondements de la raison, rejette toute idée de l'absolu, condamne toute espèce de principes, permet de tout nier et de tout affirmer à la fois. Si de telles maximes s'accréditent, son enseignement devient impossible. M. Gratry se sentit, pour ainsi dire, menacé de mort avant d'avoir vécu. Il protesta, il cria de toute sa force, il cria au monde que la sophistique se dressait de nouveau en face des Idées de Platon !

Ce n'est pas ici le moment de juger cette philoso-

(1) *Henri Perreyve*, par le P. Gratry, 4e édition, page 196.

phie de Hegel, œuvre de poëte autant que de métaphysicien, sorte de cosmogonie hindoue, histoire de je ne sais quelle puissance mystérieuse, à la fois être et néant, qui se cherche elle-même à travers tous les phénomènes de l'univers, si bien que toute réalité s'évanouit et que le monde entier n'est qu'un flux perpétuel de formes vaines, un perpétuel *devenir* sans commencement ni fin. Ces folies, même en Allemagne, avaient soulevé bien des protestations. L'esprit révolutionnaire, d'ailleurs, achevait de discréditer l'école hégélienne ; une démagogie abjecte, dans la fièvre de 1848, n'avait-elle pas prétendu trouver chez l'austère penseur la justification de ses débauches? Ainsi, les disciples les plus grossiers déshonoraient la métaphysique du philosophe de Berlin, au moment où des intelligences du premier ordre essayaient de l'introduire parmi nous. Voilà, certes, de quoi expliquer un cri d'alarme.

Qu'il me soit permis de ne pas insister, Messieurs. Je croirais manquer à la mémoire du P. Gratry, si je réveillais le souvenir de ces controverses. Je dirai seulement qu'obligé par sa conscience de remplir un devoir pénible en résignant ses fonctions d'aumônier à l'École normale, l'abbé Gratry conserva toujours à l'égard de son éminent contradicteur des sentiments d'affection et de respect. Une de ses dernières pensées fut pour lui. Il avait admiré, dès le mois de février 1871, le rôle de M. Vacherot à l'Assemblée nationale. Quelques jours avant de mourir, à Montreux, au mois de février 1872, il disait à l'un de ses disciples, le confident et l'exécuteur de ses dernières pensées : « Cher enfant, quand vous retournerez à Paris, portez-lui de ma part le baiser de paix. Je le lui aurais porté moi-même, si j'avais pu. Il y a quelque temps, je voulais lui écrire pour lui dire combien j'étais touché de l'attitude si noble, si loyale, qu'il a prise à l'Assemblée. » Il ajouta ensuite : « Oh ! la charité, la science de réunir les hommes ! Depuis trois mois, comme j'ai pensé à cette science ! et il me semble que je l'ai trouvée (1) ! »

Ainsi, Messieurs, cette protestation si vive sortait d'une âme candide, inoffensive, tout à fait désintéressée, et qui ne s'alarmait que pour le genre humain.

Quel est donc ce bel ensemble de solutions philosophiques arrêtées déjà au fond de son esprit, et qu'il craignait de voir troublées par une invasion de théories allemandes ? C'est, avant toute chose, la philosophie du *Credo,* mais une philosophie où se déploie la science, où la poésie déborde, où l'observation la plus déliée s'associe à l'imagination la plus audacieuse, philosophie d'un penseur du moyen âge armé de toutes les forces du monde moderne, conception d'un mystique docteur qui saurait manier le calcul de Leibniz et le télescope d'Herschell. Son édifice est complet. Métaphysique, théodicée, psychologie, morale, philosophie de l'histoire, rien n'y manque. Il commence par appeler en témoignage, de Platon à Leibniz, tous les génies qui ont cherché à se rendre compte de l'idée de Dieu, et de ces voix sublimes, épurées de siècle en siècle avec la

(1) Voyez *le Père Gratry, ses derniers jours, son testament spirituel,* par le P. Adolphe Perraud. Paris, 1872, pages 66-67.

conscience du genre humain, il compose une de ces symphonies qui réjouissent le ciel et la terre. Les maîtres de la science antique sont réunis dans ce concert glorieux aux maîtres de la science chrétienne. En passant de l'un à l'autre, on croit entendre l'invitation si douce : *Amice, ascende superius*. C'est l'échelle lumineuse dont parle la Bible. Sur ces degrés harmonieux, l'Assemblée se présente avec une grandeur si auguste, avec une autorité si sereine, qu'il est difficile de ne pas songer à la *Dispute du Saint-Sacrement*. Même lumière d'en haut, même respect des efforts de l'homme. Avec quelle vigueur il revendique les droits de la raison, déclarant que la raison est nécessaire à la foi comme la foi à la raison, et qu'on ne saurait toucher à l'une sans mettre l'autre en péril ! C'est la doctrine de cette noble maison de l'Oratoire qu'il a reconstituée avec amour, et qui, sous la direction d'un prêtre vénéré, continue si bien la tradition des Bérulle, des Thomassin et des Malebranche.

Vous avez applaudi, Messieurs, à cette renaissance de l'Oratoire, vous avez couronné le livre qui l'a inauguré. Il siége parmi vous, le philosophe illustre qui le premier salua de ses éloges ce beau traité *de la Connaissance de Dieu*. « M. Gratry, disait M. de Rémusat, écrit avec tout lui-même. » Et parlant des pages si neuves, si ardentes, sur les rapports de la raison et de la foi, il ajoutait : « Nous ne voudrions pas prétendre qu'on ne saurait lire cette partie de l'ouvrage sans être convaincu, nous affirmons qu'on ne la lira pas sans être touché. En tout, nous regardons ce livre comme une excellente introduction à la foi chrétienne (1). »

Que d'idées aussi, que de vues originales et hardies dans sa *Logique* et sa *Connaissance de l'âme!* Il donne à ce mot de logique la portée la plus haute et le sens le plus large ; c'est l'étude du logos, la recherche de cette raison suprême dont la raison de l'homme est un reflet. Qu'on en repousse tel ou tel détail, qu'on rejette l'idée d'appliquer le calcul infinitésimal à la science de Dieu, il n'importe ; la grande inspiration de ces livres, c'est le désir de substituer à la logique abstraite une logique vivante, à la psychologie mécanique une psychologie animée. L'esprit d'analyse chez les modernes a l'inconvénient d'isoler chacun des domaines du savoir; la constante préoccupation du P. Gratry était de les réunir. Il niait, par exemple, qu'on pût connaître l'âme sans avoir interrogé toutes les sciences sur toutes les parties du cosmos. Il aimait à répéter ces profondes paroles de Leibniz qu'il s'appropriait en les complétant : « Il y a de l'harmonie, de la métaphysique, de la théologie, de la physique, de la géométrie et de la morale partout. » Le besoin d'associer toutes les sciences, de les ramener toutes à leur foyer commun, était une des idées maîtresses de sa philosophie. Persuadé que toute recherche isolée est fausse ou stérile, il a tracé dans son livre des *Sources* un vaste plan d'études en vue des synthèses de la vérité. Voilà précisément ce qui fait la richesse

(1) *De la Philosophie de l'Oratoire*, par M. Charles de Rémusat. *Revue des Deux-Mondes*, 15 juillet 1851.

de sa psychologie. De quel regard pénétrant il sonde les profondeurs de l'âme! de quel jour il éclaire sa triple vie, ou plutôt sa triple faculté de vivre, dans le corps, dans l'âme, en Dieu! Comme il peint la dispersion de ses forces! Comme il prouve la nécessité de rentrer au centre, et de nous ressaisir nous-mêmes! L'homme, s'écrie-t-il, ne connaît pas l'homme, l'humanité n'a pas encore vu la face glorieuse de l'humanité!

Elle est si vivante, si poignante, cette psychologie, elle est si étrangère à nos sèches formules, qu'elle prend parfois les allures d'un poëme. C'est l'histoire d'une créature céleste soumise sur terre aux plus redoutables épreuves, l'épreuve du feu, c'est-à-dire les fièvres du sang, l'épreuve de la lumière, c'est-à-dire les passions de l'esprit. Sensualité, orgueil, deux foyers de mort pour l'âme. Sainte-Beuve avait dit la même chose dans un roman célèbre; M. Gratry détache une page de ce livre, et, poussant jusqu'au bout la pensée de l'auteur, il nous conduit, philosophe et poëte, en des régions mystérieuses. Voyez-vous ce château-fort dont les murailles sont si hautes, les portes si bien fermées et devant lequel passent et repassent des sentinelles? C'est le château de l'âme, décrit par sainte Thérèse, le château prodigieux aux sept enceintes concentriques. Traversez les enceintes, pénétrez jusqu'au centre, vous trouverez Dieu même. Hélas! bien peu y réussissent. Que de fantômes errants on aperçoit autour des remparts! Pauvre humanité! Voilà donc le sort des générations qui se succèdent : nous sommes hors de nous-mêmes, hors de ce château qui nous appartient, tournant toujours, n'entrant jamais, comme la sentinelle qui n'en connaît que les fossés et les murailles!

Ces poétiques imaginations se lient tout naturellement chez le P. Gratry aux pensées philosophiques les plus précises. Oh! il ne se défendrait pas d'écrire le poëme de la vie spirituelle, puisque, suivant des yeux sainte Thérèse en ce mystique voyage, il la nomme du nom de Béatrice et se compare lui-même à Dante Alighieri. Oui, certes, c'est un poëme que ce livre de la *Connaissance de l'âme;* il chante les promesses de Dieu, les transformations de la vie, les récompenses du sacrifice, les douceurs de l'arrière-saison; il chante l'automne, l'hiver, le soir, la mort et l'immortalité!

Admirez ici un des traits les plus caractéristiques de cet ardent génie! Quand les philosophes démontrent l'immortalité de l'âme, ils le font d'une manière abstraite. Ils prouvent par la loi morale et la nécessité d'une sanction la nécessité d'une autre vie; ne leur demandez pas dans quelles conditions cette vie supérieure pourra se produire. Ils disent le pourquoi, ils ne cherchent pas le comment. Le comment, c'est le mystère, et la philosophie s'arrête. Le P. Gratry ne s'arrête pas. Une démonstration abstraite est trop froide pour cette âme avide des réalités infinies; il veut voir, il veut toucher les choses, il faut qu'il découvre le lieu de la vie éternelle.

Il interroge donc la science astronomique, et le ciel visible lui fournit des révélations qui viennent confirmer les paroles les plus extraordinaires de l'Évangile.

Quesignifient ces mots du divin livre : « Les forces du ciel seront ébranlées et les étoiles tomberont ? » Comment doit-on entendre cette prophétie de l'apôtre : « Il y aura de nouveaux cieux et une nouvelle terre? » Cette pensée le tourmentait depuis sa jeunesse. Le langage du Christ lui semblait en contradiction avec la science la plus assurée, la reine des sciences, l'astronomie. Doute cruel ! au moment où tout son cœur le portait vers le christianisme, ces paroles de l'Évangile « étaient, dit-il, comme des crampons de fer qui le rivaient à l'incrédulité (1). » Représentez-vous sa joie lorsqu'il apprend tout à coup, au mois de juin 1848, que des lettres envoyées de Londres à l'Académie de Paris annoncent la solution du problème des nébuleuses, du moins une solution qui paraissait alors admissible et qui répondait merveilleusement aux conjectures de son esprit. Les étoiles tomberont, avait dit l'Évangile ; — je les vois tomber, répondait la science (2).

Pourquoi, Messieurs, le temps ne me permet-il pas d'exposer ici ces conjectures sublimes qui ont leur place marquée dans l'histoire de l'astronomie au XIXe siècle, comme les mystiques pensées de Copernic appartiennent à l'astronomie du XVIe siècle? Que j'aimerais à répéter, simple rapsode, quelques-unes de ces belles harmonies ! Je me bornerais à emprunter les traits principaux des pages éblouissantes qu'il a consacrées à ce sujet. Je le laisserais parler lui-même. Il vous montrerait ces millions de soleils entraînant des

(1) *De la Connaissance de l'âme*, tome II, page 367.

(2) Voyez *Crise de la foi*, première conférence, pages 49-53.

millions de mondes vers un centre plus étincelant que tout le reste. Il vous expliquerait alors ces paroles de Leibniz : « Le monde sera détruit et réparé. » Il commenterait cette prédiction de Herder : « Les fleurs de tous les mondes seront rassemblées dans un même jardin. » Il confirmerait ce pressentiment du grand géographe Ritter : « La terre, dans ses révolutions perpétuelles, cherche peut-être le lieu de son éternel repos. » Enfin, réunissant comme un faisceau de lumière les prophéties des livres saints, les intuitions de la métaphysique, les pressentiments de la philosophie de l'histoire et les découvertes précises de la mécanique céleste, il vous indiquerait dans l'espace incommensurable le lieu de l'immortalité (1) ! A voir cet effort de science, cet élan de poésie avec une confiance si sereine, on se figure un Dante éclairé par Newton, et l'on se rappelle en même temps ces beaux vers de notre Corneille :

Pour t'élever de terre, homme, il te faut deux ailes,
La pureté de cœur et la simplicité.
Elles te conduiront avec facilité
Jusqu'à l'abîme heureux des clartés éternelles (2).

Que vous en semble, Messieurs? la simplicité, la pureté de cœur, et ce vol facile dans l'infini, et ces abîmes heureux, ces abîmes d'éternelles clartés, ne pensez-vous pas que chacune de ces paroles s'applique au P. Gratry avec la plus précise exactitude?

(1) Voyez *Connaissance de l'âme*, tome II, pages 259-407. — *Les Sources*, 1re partie, pages 136-145. — *Philosophie du Credo*, pages 270-278.

(2) P. Corneille, *Imitation de Jésus-Christ*, livre II, chap. IV.

Il y a pourtant ici un grave péril. A de telles hauteurs, l'esprit du philosophe ne va-t-il pas être saisi de vertige? N'est-il pas exposé du moins à se désintéresser des choses de la terre? C'est le double écueil du mysticisme; la raison enivrée qui s'égare, le cœur affadi qui se détache. Ne craignez pour lui ni l'une ni l'autre de ces défaillances; il est préservé par deux solides appuis, sa foi dans l'Évangile et son amour de l'humanité. Le moment où il est parvenu le plus haut dans dans les sphères idéales est aussi le moment de sa plus vive sollicitude pour le bonheur des hommes et la liberté des peuples. Voyez cette œuvre salubre qu'il a intitulée si poétiquement et si exactement: *les Sources*. Combien d'âmes altérées, en nos jours de fièvre, y ont bu le repos et la vie! Parmi ceux qui m'écoutent ou qui liront ces pages, il y a des témoins secrets, des témoins inconnus, qui, du fond de leur cœur, confirmeront mes paroles. M. Gratry était vraiment un père. Que n'êtes-vous là pour lui rendre ce même témoignage, vous, Alfred Tonnellé, doux voyageur aux régions sublimes de l'art, et vous, maître austère, peintre puissant du monde barbare, Augustin Thierry, vous enfin, héroïque Lamoricière, dont le P. Gratry éclaircissait les doutes dans un commentaire si persuasif du symbole de Nicée (1)! Et s'il ne s'agit plus seulement d'une

(1) C'est pour le général Lamoricière que fut composé l'ouvrage intitulé: *Philosophie du Credo*. Les deux interlocuteurs de ce dialogue sont le général et le P. Gratry. Un manuscrit trouvé dans les papiers du P. Gratry ne laisse aucun doute à ce sujet. Nous devons cette indication au P. Adolphe Perraud.

action individuelle sur les hommes, considérez cette philosophie de l'histoire, un peu étrange pour nous, mais profondément originale, qu'il a conçue à cette époque et qu'il appliquera jusqu'à sa dernière heure à toutes les crises de notre temps.

La société de nos jours est tourmentée par un problème qui rappelle l'épreuve du sphinx. Il faut deviner l'énigme ou périr dévoré par le monstre. Le P. Gratry, comme tous les nobles esprits du siècle, a voulu affronter l'épreuve ; il a regardé la révolution en face. Qu'est-ce donc que la révolution? Est-ce la vie, est-ce la mort? Est-ce l'enfantement laborieux d'une ère meilleure ou la fin de toutes choses par la barbarie ? A cette question, il répond sans hésiter : La révolution, comme tous les grands mouvements qui se produisent au sein de l'humanité, a pour principe Dieu même. « C'est Dieu même, dit-il, c'est Notre-Seigneur Jésus-Christ qui veut d'une volonté toujours plus forte, à mesure que le monde avance, la liberté croissante de tous les hommes et de tous les peuples dans la justice et dans la vérité. Sans doute le mauvais siècle pervertit de mille manières le mouvement qui vient de Dieu, mais c'est cette perversion qu'il faut vaincre, et non ce mouvement. Et s'il est quelque chose d'assuré, c'est que nous ne vaincrons la perversion qu'en nous aidant du mouvement lui-même, comme saint Paul ne brisait les idoles qu'en découvrant au milieu des idoles le Dieu inconnu et caché (1). » Tel est le hardi langage du P. Gratry. Ne demandez donc pas si la révolution sera la ruine ou le salut du monde;

(1) *Henri Perreyve*, par le P. Gratry, 4e édition, pages 192-193.

personne n'en sait rien. L'avenir sera ce que voudra l'humanité. L'issue de la crise dépend de son libre choix. Cette crise, la première de cet ordre dans la longue vie du genre humain, a commencé il y a un siècle; pendant ce siècle d'efforts et de labeurs inouïs, que d'hommes, que d'institutions le sphinx a dévorés! Aujourd'hui le péril est plus grand que jamais, il n'y a pas un instant à perdre, pas une faute à commettre; il s'agit de vie ou de mort, non pas pour telle ou telle forme de société dans tel ou tel pays, mais pour la race humaine tout entière.

C'est en méditant nuit et jour sur cette crise du genre humain qu'il découvre dans l'Évangile une philosophie de l'histoire d'une singulière nouveauté. Le Christ a dit : « Si vous demeurez fidèles à ma parole, vous connaîtrez la vérité, et la vérité vous donnera la liberté. » Ces simples mots dévoilent à ses yeux les trois grandes phases de l'histoire de l'humanité depuis Jésus-Christ. La première phase, c'est le travail de la primitive Église et la transformation de l'ancien monde, période d'action dans laquelle on ne se préoccupe encore ni de la philosophie du christianisme ni de la liberté des peuples qui doit en sortir. La deuxième phase, c'est le cercle immense qu'a parcouru la science chrétienne de saint Augustin à saint Thomas, de saint Thomas à Copernic, à Descartes, à Leibniz, à Newton, à Cuvier, à Herschell, et à leurs illustres continuateurs d'aujourd'hui, période de lumière qui a réalisé la promesse du divin maître : *Cognoscetis veritatem*. Cette deuxième phase est à peine finie après quinze cents ans;

la troisième commence. Le genre humain, pourvu de toutes les ressources du savoir, en possession de toutes ses forces, aspire à la liberté. Le Christ le lui a dit : *Veritas liberabit vos*. Le mouvement qui pousse le monde vers la liberté est donc conforme à la nature des choses, conforme aussi à l'esprit de l'Évangile, mais le monde n'en sait rien. Dans cette fièvre de la puberté politique, il est inquiet, impatient, affolé ; il court, il se précipite vers les abîmes; il appelle les combats de la liberté, et il se charge des chaînes de la servitude : il aspire à la vie, et il subit des doctrines de mort. De là cette *humanité de rechute* que nos pères ont vue, et que nous revoyons, « cette race qui, depuis un siècle environ, flattée, trompée, surexcitée, multipliée par les sophistes et les athées, devient une sorte d'espèce humaine nouvelle, inférieure, surprenante, mutilée, moitié race, moitié secte, dont on peut faire la physiologie, cette race qu'aucun scrupule ne ralentit jamais, qui n'hésita jamais, pas plus que l'animal n'hésite à la vue de sa proie... (1). » Hommes qui êtes vraiment des hommes, cette liberté que vous cherchez, vous ne la trouverez que dans la justice. L'Évangile vous l'a promise, demandez-en les conditions à l'Évangile. — Telle est la philosophie de l'histoire que le P. Gratry exposait avec une conviction si forte, avec une éloquence si persuasive, dans son cours de la faculté de théologie et dans ses conférences de Saint-Étienne du Mont.

Assuré de ses principes, il n'a plus cessé de se dé-

(1) *La Morale et la Loi de l'histoire*, 2e édit. 1871. — Tome II, page 182.

vouer à l'affranchissement de ses frères. C'est bien une flamme d'apôtre qui le brûle. Sa voix peut tomber, son ardeur ne s'éteint pas. Pour donner cours à ses indignations, il admet les formes les plus diverses, quelquefois les plus étranges. N'a-t-il pas raconté un entretien qu'il a eu, au sujet de l'Irlande, avec la reine d'Angleterre (1)? C'est une fiction, et cependant il n'y a rien là qui sente l'artifice de la plume; vous diriez que la scène est réelle, et lui-même semble y croire, tant il y met son cœur. Que lui importe de se répéter, pourvu qu'il fasse entrer au fond des âmes la pensée qui l'obsède? On n'enfonce bien qu'en frappant toujours. Partout où il y a un droit méconnu, une vérité proscrite, un peuple opprimé, il accourt. L'homme se révolte en lui, tout l'homme, le philosophe et le chrétien. Ces peuples qui souffrent, ce sont des membres de Jésus-Christ. Il se rappelle alors combien la vie humaine est encore méprisée d'un bout du monde à l'autre, il se rappelle en Orient les massacres périodiques des familles chrétiennes, en Afrique les grandes hécatombes à la mort des rois sauvages, en Europe même les tortures infligées à des nations entières, le patriotisme puni comme un crime, le souvenir interdit, l'espérance condamnée, la terreur, enfin, l'infâme terreur osant reparaître au XIXe siècle; il se rappelle tout cela, et il s'écrie avec une éloquence qui vient des profondeurs de l'âme : « Nous lisons la Passion du Sauveur sans y rien comprendre et sans voir qu'on le crucifie

(1) *La Paix, méditations historiques et religieuses,* par A. Gratry, prêtre de l'Oratoire. 7e méditation, pages 204-214.

aujourd'hui. — Si j'avais été là, disait ce roi barbare, avec mes Francs ! — Mais vous y êtes, vous y êtes encore aujourd'hui, avec vos Francs. Et que faites-vous? et que font-ils (1)? »

Plus il s'attachait à la méditation de l'Évangile et plus il y trouvait de réponses aux questions qui nous tourmentent. Il ne pouvait relire un chapitre de saint Matthieu sans y découvrir des choses auxquelles il n'avait pas songé la veille. Que de paroles, prises d'abord au sens le plus simple, rayonnent grâce à lui de clartés inattendues ! Cette histoire évangélique, c'est notre histoire même, l'histoire d'hier et d'aujourd'hui. Il y est sans cesse et invinciblement ramené. En voulez-vous un exemple ? Le tétrarque Hérode a séduit Hérodiade, la femme de son frère Philippe, et Jean-Baptiste a osé lui dire : « Vous n'avez pas le droit de la garder ! *Non licet tibi habere eam.* » Lisant cela, le P. Gratry oublie aussitôt et le tétrarque, et la femme adultère, et saint Jean-Baptiste ; il ne songe qu'aux grandes iniquités de notre siècle, et, comme il écrit ce commentaire en 1863, il ne peut retenir cette protestation : « Il y a aux États-Unis cinq millions d'hommes que d'autres hommes possèdent contre la loi de Dieu ; vous n'avez pas le droit de les garder ! Il y a en Europe... il y a en Asie... » Oh ! sur ce point la sainte passion qui l'anime ne saurait se maîtriser. Son cœur est si plein qu'il déborde. Du nord au midi, du levant à l'occident, il signale, il dénonce tous les faits du même

(1) *Commentaire sur l'Évangile selon saint Matthieu*, tome II, pages 313.

genre, tous les crimes de la force, toutes les atteintes portées à l'indépendance des nations, et sa voix monte, sa clameur grandit, la fière clameur de l'homme de Dieu : « *Non licet tibi.* Vous n'avez pas ce droit (1) ! »

Voilà un bel exemple des revendications et des anathèmes pour lesquels l'Évangile prête au XIXe siècle la voix de l'éternelle justice. Le P. Gratry n'est pas homme à négliger des secours d'un autre ordre, encouragements et bénédictions. Ah ! si l'humanité, démêlant enfin la révolution, sortait triomphante de la crise, quelle ère merveilleuse s'ouvrirait pour notre race ! Ce serait vraiment la multiplication des pains. Là-dessus, son imagination se donne libre carrière, il écarte les voiles de l'avenir, il aperçoit les nations maîtresses d'elles-mêmes, les cités heureuses, les sociétés disposées suivant la justice. Une seule chose le trouble ; savez-vous ce qui lui est un sujet d'inquiétude ? Ceux qui n'ont pas lu ses livres ne le soupçonneront jamais. Il craint que les hommes du XXIIe siècle, éblouis, enivrés de tant de bonheur, n'accordent au vicaire de Jésus-Christ sur la terre une puissance temporelle plus grande qu'il ne convient. Lorsque Jésus eut multiplié les pains, la foule voulait l'enlever et le proclamer roi ; qu'arriverait-il si les hommes du XXIIe siècle, dans l'exaltation de leur reconnaissance, allaient concevoir la pensée d'établir et de confier au souverain pontife une théocratie œcuménique plus absolue que celle du moyen âge ? O candeur ! Voilà pour lui le péril. Heu-

(1) *Commentaire sur l'Évangile selon saint Matthieu*, tome 1er, pages 334-337.

reusement il se rassure en méditant le récit évangélique. Jésus, sachant qu'ils voulaient l'enlever et le proclamer roi, s'enfuit seul sur la montagne pour y prier. Eh bien, c'est là qu'est le salut. Si l'humanité formait un jour le dessein dont se préoccupe cette âme innocente, Jésus saurait s'enfuir encore, et l'Église ne cesserait pas d'être « la cité de prière posée sur la montagne (1) ».

Avec une telle sensibilité, le P. Gratry était destiné d'avance à goûter les joies les plus exquises comme à ressentir les plus cruelles atteintes ; il fallait bien que des illusions si ingénues se heurtassent un jour ou l'autre contre les dures réalités de la vie. Heureux du moins, le noble maître, d'avoir eu dans les régions d'en haut des refuges si radieux et sur terre des visions si belles ! Si le P. Gratry a souffert avec tous ceux qui souffrent, s'il a eu le cœur transpercé par les iniquités du mauvais siècle, si les angoisses de la crise sociale qu'il a si nettement démêlée sont devenues pour lui un supplice de toutes les heures, que d'espérances et quelles joies ont ranimé son courage! Enfin, s'il lui est arrivé de soutenir au sujet de l'autorité du saint-siége une doctrine que la majorité des évêques n'a pas approuvée, il est sorti de cette épreuve plus fort et plus digne de respect. La parfaite soumission du chrétien dans une âme animée d'intentions si droites est un des plus nobles spectacles que puisse donner la nature humaine. Plus le déchirement intérieur est douloureux et plus éclate la puissance de la volonté. On sait, en de telles

(1) *Commentaire sur l'Évangile selon saint Matthieu*, tome 1er, pages 341, 342.

matières, quelles sont parfois les cruautés de la controverse. Le P. Gratry se souvient du mot de saint Paul : la charité souffre tout. Aucune considération personnelle ne l'empêchera de consommer son sacrifice. C'est le triomphe de l'amour. Il ne s'applique même pas ces paroles du poëte qu'il aime :

> Et moi, j'aurai vidé la coupe d'amertume
> Sans que ma lèvre même en garde un souvenir,
> Car mon âme est un feu qui brûle et qui parfume
> Ce qu'on jette pour la ternir (1).

Non, il ne dit même pas cela, il ne pense qu'à l'unité de l'Église, il se soumet dans un sentiment filial et fraternel que rien n'altère, il se rappelle cette vision si douce qui enchantait sa jeunesse; fidèle à l'inspiration de toute sa vie, il habite encore une fois la ville souriante, la ville heureuse, la ville *dont tous les habitants s'aimaient*.

C'est ce trésor de foi, d'espérance, de charité, qui fut son viatique au moment de l'épreuve suprême. Un an après nos désastres, une maladie mortelle le tenait enfermé dans une petite ville de Suisse, loin de la France, loin de ses amis. Au milieu des douleurs les plus cruelles, il ne pensait qu'à la patrie mutilée, aux départements occupés par l'ennemi, aux moyens de les affranchir sans retard de cette présence odieuse. Un jour qu'il avait atrocement souffert, il lui arriva de dire tout à coup : « Ne serait-ce pas le moment de faire une trouée? » Le pieux disciple assis auprès de son lit

(1) Lamartine.

crut qu'il pensait à une opération dont on avait espéré quelque soulagement, mais que la science déclarait impossible ; aussi, évitant de lui répondre trop vite afin de lui épargner une déception, il lui dit simplement : « Où cela, mon père, faire une trouée? — Mais, reprit vivement le moribond, dans son capital; il faut que la souscription réussisse (1). » Touchant oubli de soi-même ! On le croyait enseveli dans une souffrance morne et muette; il songeait à la souscription nationale pour la libération du territoire. Il y a des paroles où se révèle une âme et dont la simplicité même est sublime; à ce cri, à cet élan cornélien du doux maître, l'ami qui le veillait ne put retenir ses larmes.

Le P. Gratry garda les mêmes sentiments jusqu'à son dernier souffle; il avait confiance dans l'avenir, malgré tant de causes de découragement; il sentait de plus en plus cette vertu de la religion chrétienne qui fait un devoir à l'homme de ne jamais désespérer. Il ne doutait pas du triomphe définitif du bien sur le mal et de la vie sur la mort. Ce n'était pas assez pour lui d'attendre avec la pleine certitude de la foi les destinées de l'âme immortelle dans les sphères lumineuses; sur cette terre même il attendait, il apercevait d'avance les destinées meilleures du genre humain délivré enfin de la crise formidable. Son dernier regard sur ce monde qu'il allait quitter a été un regard de bénédiction, le dernier murmure de sa voix a été un chant de victoire.

(1) *Le P. Gratry, ses derniers jours, son testament spirituel*, par le P. Adolphe Perraud, prêtre de l'Oratoire et professeur à la Sorbonne, 1862, page 73.

Ainsi a vécu, ainsi est mort ce poëte, ce savant, ce philosophe, ce prêtre catholique, ce vrai ministre de l'Évangile au XIXe siècle, ce père qui a enfanté tant d'âmes à la vie supérieure, ce maître qui a préparé tant d'ouvriers et armé tant de bras pour la moisson. Je vous montrais au début de ce discours le blanc camaldule sur la cime des montagnes ravi par la contemplation et tout étonné du travail tumultueux du genre humain; je viens de placer en face de ce tableau l'image du contemplatif prenant à part tous les combats de nos jours. C'est bien là un des nobles types de ce siècle où la diversité des doctrines et l'ardeur des contradictions ont produit des caractères si tranchés. Il appartenait à l'Académie française de discerner dans la mêlée cette âme aussi modeste que vaillante. Le P. Gratry a eu le bonheur de trouver ici un asile admirablement approprié à la direction de ses travaux; il a rencontré chez vous, Messieurs, sous les traits les plus illustres comme les plus variés, les choses que son esprit encyclopédique regrettait de ne pas voir toujours rassemblées en faisceau : les lettres, la poésie, l'éloquence, la philosophie, la religion, la science, la liberté, le culte des traditions bienfaisantes, le goût des innovations fécondes, en un mot tout ce qui concourt à élever la nature humaine et à glorifier le Créateur.

DISCOURS

DE

M. NISARD

DISCOURS

DE

M. NISARD

DIRECTEUR DE L'ACADÉMIE

EN RÉPONSE

AU DISCOURS PRONONCÉ

PAR

M. SAINT-RENÉ TAILLANDIER

POUR SA RÉCEPTION

A L'ACADÉMIE FRANÇAISE

LE 22 JANVIER 1874

PARIS

LIBRAIRIE ACADÉMIQUE

DIDIER ET Cie LIBRAIRES-ÉDITEURS

35, QUAI DES AUGUSTINS

1874

DISCOURS

DE

M. NISARD

Monsieur,

Vous avez plus d'un trait commun avec votre éminent prédécesseur. Le plus caractéristique, c'est que vous croyez, comme lui, au progrès indéfini. Votre foi, comme la sienne, est la foi qui agit. Vous avez pensé qu'un des moyens les plus efficaces de travailler au progrès dans notre pays, c'est de connaître tout ce qui se fait et s'écrit de considérable chez tous les peuples de l'Europe chrétienne, d'être attentif à tous les mouvements qui s'y produisent, d'en avertir la France, de lui en faire tirer la leçon, en un mot d'entreprendre, sur les affaires de l'esprit à l'étranger, une vaste et véridique information. Cette tâche, vous vous y êtes consacré si jeune, et vous y avez porté tant de persévérance et d'aptitudes diverses, qu'il est permis de dire que là était votre vocation.

Pour vous y préparer, vous vous êtes pourvu de l'instrument indispensable ; vous avez appris les langues étrangères. Vous racontez quelque part avec grâce qu'un des jours de l'année 1860, travaillant, à l'ombre des platanes de votre jardin, à Montpellier, un noble réfugié hongrois, le comte Ladislas Teleki, vint vous faire visite. En ce moment vous acheviez de traduire du hongrois en français des strophes d'un célèbre poëte magyar. Pour être plus sûr de ne lui rien ôter des sauvages beautés de ses vers, vous compariez votre version avec une version allemande. Le comte savait par cœur les strophes de son compatriote ; il lut votre travail, il vous conseilla des retouches, il aida qui s'aidait si bien. Voilà des strophes qui vous avaient coûté la connaissance de deux langues, le hongrois et l'allemand.

Au sortir du collége, vous alliez apprendre l'allemand dans un des plus brillants centres d'étude de l'Allemagne, à l'université de Heidelberg. Vous faisiez connaissance, à Munich, avec le célèbre Schelling, et vous vous exerciez, en l'écoutant, à pénétrer la pensée allemande. De retour en France, après quelque hésitation sur le choix d'une carrière, entre l'enseignement, où vous appelaient vos brillantes études, et la magistrature, vers laquelle vous attiraient des convenances de famille et un premier penchant, M. Villemain, alors ministre de l'instruction publique, vous chargeait d'aller, comme suppléant, professer à Strasbourg une littérature qui n'a pas cessé d'y être nationale, la littérature française. En envoyant à Strasbourg le futur auteur de tant de savantes études sur l'Allemagne, M. Villemain vous envoyait à votre poste.

C'était en 1841. Deux ans après, une revue populaire publiait vos premiers articles sur ce pays; le nombre en augmentait avec le succès, et le tout, réuni en deux volumes, paraissait de 1849 à 1853, avec une grande faveur dans le public lettré des deux pays. Ces volumes vous accréditaient désormais parmi nous comme l'interprète juré de la pensée allemande, comme l'éclaireur libre de la France en Allemagne. Il ne se publiait rien dans ce pays qui ne tombât sous votre compétence; il ne s'y remuait rien dont vous ne fussiez aussitôt instruit, et nous par vous.

Vous portiez un très-vif intérêt à l'Allemagne. Justement ému des doctrines monstrueuses qui s'étaient produites, en 1848, dans le parlement de Francfort, vous la conjuriez de se défendre de la contagion en gardant sa simplicité de cœur et de mœurs, son goût pour l'idéal, tout ce qu'elle en a, et tout ce que votre courtoisie lui en prêtait. Vous aviez pour ses écrivains de second ordre des louanges qu'elle n'a pas pour nos écrivains de génie. Tout le monde n'y souscrivait pas; il y avait des dissidents; on vous disait d'humeur un peu trop indulgente; on croyait qu'il n'était pas impossible d'avoir une moins haute opinion de l'Allemagne, sans être injuste envers elle.

Je vous l'avoue, Monsieur, j'étais de ces dissidents-là. Enfant de race latine, et enfant incorrigible, j'avais quelque chose du préjugé latin contre les *barbares*. Vos obligeantes avances aux Allemands me rappelaient les visites de politesse qu'on fait à des gens qui ne vous les rendent pas. Je ne voyais dans vos *Études* que les douceurs que vous disiez à l'Allemagne; les louanges m'y cachaient les critiques. Et pourtant les critiques n'y manquent pas : témoin ces chapitres pleins de prévoyance et de pressentiments où vous renvoyez à ce pays l'invention des folies socialistes et matérialistes, qui ont épouvanté, pour la première fois, la France, il y a vingt-cinq ans, et qui sont aujourd'hui son suprême péril.

Je vous fais donc réparation, Monsieur, et je me mets de votre côté, lorsque vous dites à vos contradicteurs, « qu'on n'est pas moins Français parce « qu'on a l'esprit intelligent et expansif de la France ». Mais je vous demande de garder mes doutes sur ce que la France gagnerait à un commerce intellectuel plus étroit avec l'Allemagne. Entre peuples civilisés on échange avec profit réciproque les marchandises, les industries, les découvertes de la science et de l'érudition, les armes de guerre ; on n'échange pas les choses de l'esprit et de l'art, sans perte pour chacun. Je ne sais point d'importations littéraires qui aient ajouté aux facultés créatrices d'un pays. Au temps où régnait en France l'imitation des poëtes de l'Italie et de l'Espagne, je n'en vois les effets que dans les défauts de nos poëtes; leurs qualités sont à eux et à la France. La plus belle époque de la littérature française est celle où la France n'a imité personne.

Je ne sache pas non plus d'exemple, dans notre histoire, d'importations politiques qui aient réussi. On peut emprunter à un peuple étranger ses institutions de gouvernement; on ne lui emprunte pas les traditions, les mœurs, tout cet ensemble de convenances locales, qui les explique et qui les fait fleurir sur le sol natal. On a l'édifice sans les contre-forts et les arcs-boutants; voilà pourquoi l'édifice croule. Donc, Monsieur, étudions les nations étrangères, mais que ce soit pour mieux connaître, par des comparaisons sincères, les qualités et les défauts de la nôtre; sachons l'allemand, surtout pour savoir mieux le français, et pour connaître scientifiquement par quelles raisons invincibles l'allemand ne sera jamais une langue universelle; visitons nos voisins, pour avoir plus de plaisir à revenir chez nous. Enfin, s'il est pour nous si pressant d'apprendre tout ce qui touche à l'Allemagne, je sais une chose plus pressante encore, c'est de rapprendre la France!

Ah! s'il était possible de se donner des qualités par l'imitation, il y a deux points où nous ferions bien d'imiter l'Allemagne; c'est son admiration pour son passé et son respect pour ses grands hommes. Il est vrai qu'elle pousse les deux choses un peu loin. Pour augmenter la majesté de son passé, elle le recule jusqu'aux origines du monde, et, comme les familles nobles de l'antiquité, elle fait commencer aux dieux la famille allemande. Son respect pour les grands hommes n'est pas non plus exempt de superstition. Non contente de glorifier ceux qui le sont véritablement, du consentement universel, avec de très-petits hommes elle en fait de grands. Nous agissons, nous, tout différemment. Notre passé a pour nous l'impardonnable tort d'avoir retardé l'avenir. Quant à nos grands hommes, à chaque vicissitude de la politique, nous en rayons quelques-uns du livre d'or, et ceux qui sont si grands que leur gloire est le patrimoine et l'honneur de l'humanité, nous les rapetissons. J'aime le travers allemand. C'est le défaut d'une grande qualité. Qu'y a-t-il au fond du nôtre? C'est, nous dit-on, l'amour de la vérité. Soit; disons donc la vérité à nos grands hommes, mais que ce soit à la façon des fils qui sont forcés de la dire à leurs pères, en gardant le respect qui est la première vérité qu'on leur doive. Comme on ne connaît sa taille qu'en se mesurant à plus grand que soit, ainsi un peuple ne se connaît à fond que par ses grands hommes, et celui chez qui les lettrés auraient abattu toutes les têtes historiques, serait bien près de s'ignorer et de perdre, avec la connaissance de ses forces et de son cœur, son rang dans le monde.

Il s'est passé, depuis trois ans, bien des choses qui ont ôté un peu de crédit à celles de vos pages où vous louez la nature rêveuse, le tour d'esprit idéaliste, le fond de simplicité et de naïveté de nos voisins d'outre-Rhin. Vous en faites l'aveu dans une préface très-éloquente, où vous parlez du ton irrité d'un garant dont la bonne foi aurait été trompée. Pourtant, vous n'effacez rien de ces pages trop flatteuses, et vous faites bien; elles resteront comme un témoignage de la générosité française, et, pour l'historien futur de notre dernière lutte avec l'Allemagne, elles prouveront que si nos ennemis n'y portaient pas l'ingénuité d'une race rêveuse, nous n'y portions pas, nous, les préméditations de la haine.

Tout en explorant l'Allemagne, vous jetiez des regards curieux au-delà de ses frontières, sur les pays limitrophes, la Suisse allemande, la Belgique, la Servie, la Bohême, la Hongrie, la Russie, appliquant à ces divers pays l'esprit d'investigation pénétrante et de bienveillante critique qui distingue vos travaux sur l'Allemagne. Je dépasserais les limites de ce discours, si j'énumérais tous les livres, si je nommais tous les auteurs qu'ont mis en lumière vos amples et instructives analyses. Un autre scrupule m'arrête. Convenez, Monsieur, que, parmi ces noms, il en est qui n'ont pas encore fait la fortune que Virgile voulait pour le sien ; « ils ne voltigent pas sur les lèvres des hommes (1), » j'aurais peur de les défigurer en les prononçant. J'ai ouï dire à de bons juges que, dans vos éloges, vous avez fait à certains auteurs plus que bonne mesure : c'est un faible qui vous honore ; il vient de votre bienveillance ; et peut-être est-il permis à qui a pris la peine si méritoire d'apprendre une langue pour lire un livre, de s'exagérer légèrement le mérite de l'auteur. Vous avez votre excuse, Monsieur, dans un exemple imposant qui vous a été donné par notre Académie. N'avons-nous pas vu, en effet, un de nos plus savants et plus ingénieux confrères, Jean-Jacques Ampère, qui avait appris comme vous les langues du Nord, découvrir des Molières jusque dans la péninsule scandinave,

(1) *Virùm volitare per ora.*

comme si, pour faire l'unique Molière qui existe, il n'avait pas fallu une nation qui, depuis plus de mille ans, fait parler d'elle, une grande société dans un grand siècle, une langue universelle et un génie sans égal !

C'est dans une de vos excursions sur les frontières de l'Allemagne qu'aidé des travaux d'un savant historien de la Bohême, vous avez appelé le grand jour de l'histoire sur un personnage à peu près disparu dans l'obscurité de plus en plus épaisse qui couvre le sanglant épisode de la guerre des hussites. Ce personnage, c'est George Podiebrad, qui gouverna la Bohême, comme chef, puis comme roi, de 1444 à 1472. Membre obscur de la petite noblesse, il reçoit à vingt-quatre ans le gouvernement des mains de la nation. Il la trouve déchirée par l'anarchie féodale et par l'anarchie religieuse ; il met fin à l'une en établissant l'unité d'administration et de législation, à l'autre en amenant les catholiques et les hussites à se tolérer et à se respecter.

Il se fait assister dans les crises par un parlement et il s'en passe dans les temps paisibles. Ses talents, sa réputation de droiture et de justice, le font prendre pour arbitre par les princes de l'Allemagne, dans leurs querelles à la fois si violentes et si obscures, et, comme il avait introduit la tolérance dans la religion, il introduit la morale dans la politique. Catholique sincère, mais fervent partisan des libertés des Églises nationales, tandis que la politique de Louis XI envoie une ambassade pompeuse à Rome pour y mettre sous les pieds du pape la *pragmatique sanction,* dont le texte original est traîné dans les rues de Rome et lacéré par la populace, George Podiebrad y envoie une grave députation de docteurs hussites et catholiques, avec la charge de défendre et l'ordre de rapporter intacte la charte de l'Église de Bohême. Il égale, comme guerrier, les plus vaillants de son temps, et il devance son temps par le génie de l'organisation militaire. Mathias Corvin, chargé par la cour de Rome d'exécuter la sentence d'excommunication prononcée contre lui, trouve, à son entrée en Bohême, tout le pays debout et en armes, par un système de levée qui s'appellera plus tard la landwehr. Il en sort en fugitif, laissant le roi George achever sa belle vie dans un pays pacifié et prospère, où les institutions qu'il a fondées lui survivent. Un personnage si original, et, par ses vues de gouvernement comme par son caractère moral, si en avant de son siècle, méritait une place à part dans l'histoire générale; celle que vous lui avez faite, Monsieur, est digne de lui.

Une autre excursion littéraire à Dresde, où l'on venait de publier une correspondance du maréchal de Saxe, vous donnait l'idée d'écrire l'histoire de ce singulier et si attrayant personnage, de cet étranger qui l'est si peu, que, dans nos souvenirs populaires, nous le faisons volontiers Français. Il l'est, en effet, par les mœurs qu'il nous emprunte et par les talents militaires qu'il nous prête ; il l'est par le courage ; il l'est, comme écrivain, par plus d'une page où les traits d'esprit sont presque aussi nombreux que les fautes d'orthographe.

Vous avez peint avec vivacité et vérité cet homme qui ne trouve l'emploi de sa vie qu'à la guerre, et ne sait qu'en faire dans la paix; qui s'y acoquine à l'oisiveté jusqu'à rester des journées entières au lit, où il se fait lire *Don Quichotte;* qui vit dans les intrigues de cour, sans en avoir le goût ni le mépris; vicieux par désœuvrement encore plus que par tempérament; courant la gloire comme une aventure et ne méritant que la célébrité; en somme, plus un héros qu'un grand homme; mais justement cher à la France qu'il a aimée et vaillamment servie, et qui doit au vainqueur de Fontenoy la seule journée militaire où elle ait fait grande figure, depuis la bataille de Denain jusqu'aux premières victoires de 1792.

Les amateurs des livres curieux vous doivent la découverte et la publication d'un choix de lettres de Sismondi, datées du premier quart de ce siècle et dont vous faites apprécier la valeur dans une excellente introduction. C'était un penseur élevé et sincère, un caractère affectueux. Vous dites avec raison que chez lui l'homme est supérieur à l'écrivain. Il est pourtant écrivain, au moins par l'accent, dans certaines lettres, où, se séparant de ses amis, auxquels la mauvaise humeur de Napoléon infligeait la qualification d'idéologues, peut-être méritée par quelques-uns, il professe la maxime qu'on sert mieux le progrès en se réformant soi-même qu'en faisant la guerre aux gouvernements. Appliquant sa maxime à sa conduite, il continua jusqu'à son dernier jour de s'étudier pour s'amender. Tout ce que vous dites à sa louange est aussi juste que senti; je vous passe même le titre que vous lui donnez de grand historien libéral, — quoiqu'il soit peut-être plus libéral que grand, — quand je songe qu'étranger de naissance, il s'était fait, comme le maréchal de Saxe, Français par élection, qu'il le fut surtout, et s'en fit gloire, au temps où la France était malheureuse, et que, provoqué un jour à comparer entre elles les grandes nations européennes, ce fier enfant de la Suisse donnait le prix à la nôtre.

Sismondi avait été un des amis de la comtesse d'Albany. Vous avez voulu savoir par quelles séductions cette femme aimable avait pu mériter de si graves amitiés. De là votre *Comtesse d'Albany*, un de vos plus agréables ouvrages. Il n'y faut pas chercher des éclaircissements complaisants sur la façon dont la femme de Charles-Édouard a observé les lois du veuvage, ni sur la question de savoir si la royale veuve a été mariée secrètement au poëte Alfieri, et si, à son tour, le peintre Fabre n'a pas été secrètement veuf de la comtesse. La chronique galante n'a rien à prendre dans ce petit livre. En revanche, l'histoire des lettres y trouve des enseignements élevés ; la biographie, de piquantes anecdotes ; la science du cœur humain, de délicates observations ; l'art, des récits intéressants et de vives peintures ; et vous savez, Monsieur, faire sortir, d'un tableau de mœurs mélangées, une morale sévère sans pruderie, qui se sent et ne s'étale pas. C'est pour cela que votre *Comtesse d'Albany* a plu aux amis des lectures sérieuses, sans déplaire à ceux à qui elles font peur. Au surplus, que puis-je en dire qui vaille l'éloge qu'en fit Lamartine, le jour où, pour orner un de ses *Entretiens littéraires*, il vous prit un bon tiers de votre livre, persuadé qu'il avait écrit ce qu'il n'avait fait que signer?

L'Académie, Monsieur, n'a pas ignoré que, durant trente années d'une production si active et si variée, vous avez professé la littérature française, d'abord à Strasbourg, puis à Montpellier, enfin à Paris, dans une chaire dont j'ai connu par expérience les difficultés et les périls. Savoir attirer et retenir un jeune auditoire, sans se permettre le malhonnête moyen d'effet des allusions politiques, donner son savoir avec ses sentiments, ne dire aux enfants des autres que ce qu'on dirait aux siens, c'est là une œuvre de lettré et une tâche de bon citoyen qui valent bien quelques bons volumes de plus. En vous nommant pour vos titres littéraires, l'Académie a dû penser que vos services universitaires n'y gâtaient rien, et elle a pris plaisir à appeler au milieu d'elle un écrivain qui n'a rien mis dans ses livres qu'il n'eût professé dans sa chaire, un professeur qui n'a rien enseigné qu'il ne s'honorât d'avoir écrit.

J'admire, Monsieur, avec quelle dextérité d'analyse vous avez apprécié le génie particulier et les œuvres de votre prédécesseur. Le philosophe, le savant, le théologien, le mystique, le bon citoyen, aucun des aspects de cette aimable et imposante figure ne vous a échappé. Il a été tout cela, en effet, à un degré très-éminent; mais ne vous semble-t-il pas que ce qui domine dans ses œuvres comme dans sa vie, c'est le mystique?

Il n'aimait pourtant pas qu'on lui en donnât le nom, et il s'en défendait comme d'une injustice de la polémique. Il se croyait fermement au pôle opposé, dans la science pure et la pure logique. Peut-être le P. Gratry se serait-il volontiers laissé qualifier de mystique, si quelque bouche amie lui eût dit que le mysticisme, tel qu'il a paru dans sa prédication et dans ses livres, n'est qu'un sens du divin plus élevé, plus délicat et plus tendre ; un enthousiasme pour les grandes choses plus naïf et plus ardent ; qu'il y a du poëte, du prophète et du saint dans le vrai mystique, et qu'on peut appartenir avec honneur à une famille spirituelle qui compte parmi ses membres sainte Thérèse, saint François de Sales et, par plus d'un trait, Malebranche et Fénelon.

On note dans la vie du P. Gratry quelques particularités, oserais-je dire ? quelques singularités touchantes, qui ressemblent à ce que l'on raconte des mœurs des mystiques. Par exemple, il aimait avec passion le spectacle du ciel. Pour en jouir plus à l'aise, il habitait, sur un des points les plus ouverts de Paris, l'étage supérieur d'une maison d'où il avait la vue des collines lointaines. Là, dans un cabinet de travail inondé de lumière, à la différence de la plupart des penseurs qui se replient sur eux-mêmes, et qui s'y font comme une nuit artificielle, il lui arrivait souvent de méditer le visage levé vers la voûte céleste, et l'œil perdu dans l'espace. Il aimait aussi les astres ; il les aimait comme des degrés mystérieux par lesquels il montait vers Dieu, et comme des mondes offerts éternellement aux découvertes de la science et aux conjectures de la pensée. Le soir, quand le crépuscule était clair, de ce même observatoire d'où il avait contemplé la beauté du jour, il regardait les étoiles arrivant une à une, comme arrivent, l'un après l'autre, disait-il, les membres d'une assemblée. Il cherchait si, des lois qui régissent ces grands corps, de l'harmonie qui les unit, la science ne parviendrait pas à tirer quelque usage pour améliorer la condition humaine. Il ne voulait pas que les plus belles des choses créées l'eussent été sans une pensée de bonté pour l'homme, de secours pour sa vie présente, d'emploi pour sa vie future.

Un jour, un des plus illustres mathématiciens de notre temps, M. Poinsot, le voit entrer chez lui tout ému, comme un homme obsédé d'un problème qu'il ne peut résoudre. « Croyez-vous, » lui dit sans préambule le P. Gratry, « que les planètes sont habitées ? » Quiconque a connu M. Poinsot peut se figurer la surprise de cet esprit si fin, et, hors des vérités mathématiques, si peu affirmatif, qui se voit pris de si court. « Je l'ignore, » dit-il au visiteur en souriant, « mais j'incline à le croire. » — « C'est aussi mon « sentiment, » dit vivement le P. Gratry, et il se retire, emportant le doute favorable de M. Poinsot comme un commencement de preuve. Déjà, sans doute, dans ses poétiques spéculations sur l'avenir de l'humanité, il avait donné un rôle actif aux planètes.

Mais le tour d'esprit des mystiques a ses illusions. On ne vit pas dans cette lumière éclatante du ciel sans en être par moments ébloui. Il n'y a pas d'extases sans visions. De là quelques réserves sur certains points des doctrines du P. Gratry. Ces réserves, qui ne le diminuent pas, nous aident à le caractériser; elles expliquent pourquoi cet homme si rare a peut-être touché plus de cœurs qu'il n'a convaincu d'esprits, et comment les innocentes témérités de ses livres ont pu cacher à quelques personnes la beauté de son âme.

Tant qu'il marche dans la voie des grands docteurs du spiritualisme chrétien, on admire par quelle nouveauté d'arguments il en rajeunit la doctrine, avec quelle force de dialectique il la défend contre ses adversaires de toute sorte, depuis ceux qui lui opposent les grossières négations du matérialisme, jusqu'aux ingénieux contradicteurs qui se prennent au double piége de leur finesse et de leur bonne foi. Mais si, dans son dessein hardi de faire servir la science à la démonstration des vérités métaphysiques, les preuves qu'il lui emprunte ne sont pas concluantes, voilà les philosophes et les savants qui s'inquiètent. Les philosophes ont peur qu'il ne fasse accuser la métaphysique de se défier de ses propres preuves. Les savants hésitent à se faire les garants d'un philosophe auquel il arrive parfois de prendre pour des lois les vues de son esprit ou les rêves généreux de sa charité. Je demandais à un grand géomètre ce qu'il pensait de certaines démonstrations scientifiques du P. Gratry. « J'en ai recueilli, » me dit-il, « quelques-unes ; » et il me les lut ; « je ne les accepte, ni ne les conteste, » ajouta-t-il ; « il se peut qu'elles ne soient pas fausses. Je voudrais que la rigueur de la science me permît de donner raison à un esprit si élevé, à un cœur si sincère. »

Avec la même admiration pour ses talents et la même estime affectueuse pour sa personne, les théologiens font aussi leurs réserves sur sa doctrine. Sans doute ils tiennent pour de la théologie aussi correcte qu'originale les belles pages où, prenant la raison humaine telle qu'elle est aujourd'hui, au point où l'a portée l'immense travail du passé, et, par une supposition non moins hardie que légitime, l'augmentant, comme une sorte de capital moral, de tout ce que le progrès incessant des sciences apportera de découvertes propres à rapprocher le monde réel du monde surnaturel, il l'amène, ainsi accrue et agrandie de tout le travail de l'avenir, à faire quelques pas de plus vers la foi. Où les théologiens ont des scrupules, c'est lorsqu'il va plus loin, et que, dans un élan d'enthousiasme pour la raison, ce prêtre fervent, ce catholique entreprend de lui persuader qu'elle ne finit pas nécessairement où la foi commence; que ce qui est miracle pour les hommes d'aujourd'hui sera pour les hommes à venir un fait de l'ordre naturel, que c'est affaire de temps, et qu'après des milliers d'années, un jour verra la raison identifiée avec la foi.

Que, dans l'accord qui doit, non point les confondre, mais les unir, la raison épuise tout son droit, ainsi le veut la tradition chrétienne, laquelle n'admet que la foi libre et n'estime que l'obéissance raisonnable. Mais enfin il vient un moment où la raison sent elle-même ses limites, et lui dire, sans la convaincre, qu'elle peut les franchir par ses forces naturelles, n'est-ce pas la mettre en tentation ? Ce qu'il lui reste à faire à ce moment suprême, demandons-le aux grands génies du christianisme. Donnant l'exemple à la raison humaine, ils arrêtent la leur sur le seuil du monde surnaturel, où ils pénètrent par un acte du cœur. Pascal, — vous venez de le rappeler, — en pousse un cri de joie, et l'on voit Bossuet, lui qui posséda toute la raison humaine en la sienne, lui qui avait à s'incliner de si haut devant le mystère, Bossuet, le génie le plus rebelle à l'extase, en prendre les paroles les plus passionnées pour peindre l'ineffable soulagement de sa raison s'absorbant dans la foi !

Vous m'avez laissé, Monsieur, le devoir et la difficulté de parler de ce livre étonnant, *la Morale et la Loi de l'histoire*, où le mystique tient tant de place et où le mysticisme n'est que l'enthousiasme de la charité. Il nous en a dit l'origine. C'est au moment le plus vif de ses polémiques que l'idée lui en vint, un jour que, saisi d'une immense pitié pour les misères humaines, il laissa la philosophie, qui leur est de si peu de secours, pour se vouer à la recherche des moyens d'y porter remède. Il fallait faire une vaste enquête, il la fait. L'esclavage, la guerre, les révolutions, le paupérisme, il étudie toutes ces causes des souffrances de l'homme ; c'est trop peu dire, il en attriste, il en accable sa pensée. Il fait le compte de tout ce qui a été essayé dans tous les pays chrétiens, de tout ce qu'inventent chaque jour, pour les adoucir, la bonne volonté et la charité. Il compare les forces du mal et les forces du bien, et il lui semble qu'avec l'aide de l'Évangile et de la science le bien doit l'emporter. Il le croit, et ce qu'il croit, il le voit.

Il voit, dans un avenir éloigné, mais certain, le christianisme entrer dans ce qu'il nomme sa phase sociale. Une nouvelle et universelle croisade appelle les hommes à la conquête de la paix, de la justice, du bien-être; les gouvernements se régénèrent; les nations, qui, selon ses belles et étranges expressions, sont cohéritières, solidaires et concorporelles, s'unissent en une seule nation. La guerre est vaincue, la misère éteinte. La terre, pacifiée et enfin cultivée, donne le pain à dix milliards d'hommes. « La vie actuelle, — je le laisse parler, — est prolongée, les limites du monde habitable « reculées; des communications sont ouvertes avec les « mondes qui l'entourent, l'usage des astres est découvert, le lieu de l'immortalité entrevu ! »

Tandis qu'il contemple ce prodigieux spectacle, des nuages sombres lui en dérobent un moment la vue. Ce sont des rechutes de l'humanité, des retours à la violence, à la guerre. Il ne se trouble pas; sa foi perce ces nuages et la splendide vision réapparaît. De même que l'astronome, l'œil fixé sur l'astre qu'il a découvert, si les vapeurs de la nuit viennent à en voiler la face, continue à le voir de l'œil de l'esprit, certain que, ces vapeurs dissipées, il le retrouvera au point du ciel où son calcul l'a placé, et où son télécospe l'a d'abord aperçu; ainsi l'auteur prophétique de *la Morale et la Loi de l'his-*

toire, loin de se décourager de ces perturbations de la loi du progrès, continue à voir, par-delà leurs ombres passagères, l'humanité recommençant sa marche vers une civilisation idéale.

C'est au moment où il achevait ce livre, je n'oserais dire ce rêve, qu'il vit fondre deux guerres sur la France, la guerre étrangère et une guerre civile dont dont il m'écrivait : « C'est l'enfer rendu visible. » Quelle chute, et de quelle hauteur! Lui qui détestait la guerre comme les mères la détestent, par tendresse pour les vies qu'elle dévore, lui qui aimait tant son pays, un moment il ferma les yeux et sentit fléchir son espérance. Mais cette espérance était sa foi même; elle rentra bientôt dans son âme, et les pieux amis qui l'ont assisté à ses derniers moments racontent qu'il l'a emportée tout entière avec lui.

Comment, sur de si grandes et si religieuses idées, faire de froides réserves, et comment n'en pas faire? Une si vaste ambition pour l'homme ne risque-t-elle pas d'enfler son orgueil ou de le décourager? A une époque où l'idée d'un devoir imaginaire envers l'humanité future s'est substituée, dans un si grand nombre d'esprits, au sentiment du devoir pratique envers le présent et envers eux-mêmes, ne vaut-il pas mieux parler aux hommes du progrès individuel, par lequel chacun améliore sa condition et prépare l'avenir, que du progrès universel et indéfini, qui est le secret de Dieu? Au P. Gratry vivant, j'aurais peut-être exprimé mes doutes, ne fût-ce que pour provoquer de vives et encourageantes réponses. Aujourd'hui je dirai de ses théories sociales ce que disait de ses applications de la science à la métaphysique le grand géomètre dont je parlais tout à l'heure : je ne les accepte ni ne les conteste; je voudrais croire tout ce que ce cœur ardent a cru des destinées magnifiques de l'humanité ; je voudrais espérer tout ce qu'il a espéré des forces de l'homme pour les accomplir.

Si les livres du P. Gratry ne sont pas décisifs, et si le lecteur s'y sent plutôt remué que convaincu, et poussé en avant que dirigé, il en reste, comme dernier et durable effet, une vive impulsion vers le devoir, un développement du sens du divin, et, chez les esprits sincères qui ont gardé le doute, une inquiétude généreuse qui ne leur permet pas de s'en faire un oreiller, qui provoque la bonne volonté, qui dispose à croire, à travailler pour les autres et à espérer. Le style, dans ces livres, comme un vin toujours en fermentation, est tout action et tout mouvement. C'est le style d'un auteur qui écrit pour agir, trop ému des choses pour s'apercevoir de ce qui manque ou surabonde dans les paroles, et qui néglige, parmi ses qualités, celles qui ne serviraient qu'à montrer l'artiste. Il est artiste pourtant, et il l'est d'autant plus qu'il s'oublie pour ses lecteurs, en cela disciple fidèle du XVIIe siècle, qu'il a qualifié, quelque part, avec la compétence d'un juge excellent et l'accent d'un admirateur passionné, « le « plus grand des siècles théologiques, le plus grand

« des siècles philosophiques, et le plus grand des siè-
« cles littéraires. »

Quand le P. Gratry nous demanda nos suffrages, il ne nous était point désigné par la partie du public qui s'occupe des candidatures académiques. Ce sont des âmes touchées, des esprits réconciliés, des malades guéris ou en voie de guérison, ce sont les auditeurs de ces conférences où il prêchait moins qu'il n'épanchait son cœur dans des cœurs préparés par la confiance à l'écouter pour le croire, ce sont tous les témoins de son travail évangélique qui nous ont apporté son nom. C'est présenté par cette élite qu'il est entré à l'Académie, au murmure modeste de sa bonne renommée. Combien il y fut, dès les premiers jours, considéré et aimé; quelle part il nous fit dans ce tendre amour qui l'animait pour ses semblables; avec quelle confiance et quelle ouverture de cœur et de visage il se donnait à nous, et combien ce confrère nous était véritablement frère, qui de nous n'en a le souvenir présent? Longtemps la polémique, la prédication, la composition de nombreux ouvrages l'avaient privé des pures jouissances des lettres, aimées pour elles-mêmes; il les retrouvait à l'Académie. Il parlait des choses de l'esprit en lettré délicat; plus volontiers il écoutait ceux que sa modestie jugeait plus en autorité que lui pour en parler. Nous l'avons possédé à peine quelques années; mais il était si étroitement uni à l'Académie et si mêlé à tous ses actes, que, quand la mort nous l'a enlevé, nous avons cru regretter un ancien confrère.

Le jour où j'eus le douloureux honneur de lui adresser le suprême adieu de l'Académie, j'osai dire que sa mort n'était pas prématurée. Je le disais du fond de mon cœur, pensant aux épreuves que rencontre, dans les temps de violence, tout homme qui parle de devoir, au péril que court le prêtre qui en parle au nom de Dieu et de l'Évangile. Je le regardais, dans la paix de sa tombe, comme le passager d'un navire en détresse regarde ceux qui sont au port. Aujourd'hui, j'ai du regret de mes paroles. Après tant d'heures passées dans le commerce de cet esprit et de ce cœur, je songe à tout le bien qu'un tel homme aurait pu faire encore. Quelle science des choses divines et humaines, quelle autorité de parole, quelle jeunesse de talent il eût apportées dans la lutte, engagée de nos jours, entre le bien qui semble n'avoir plus de foi en lui et le mal qui ne veut plus s'appeler le mal, et prétend qu'on le discute comme une opinion! De quel secours nous eût été, contre nos trop promptes défaillances, son indomptable faculté d'espérer, en ce temps où nous avons besoin qu'on nous exhorte à l'espérance comme à un devoir! Non, l'œuvre du P. Gratry n'était pas achevée. Il semble qu'il en eût le sentiment, lorsque, tout près de sa fin, ayant déjà remis sa vie entre les mains de Dieu, il se sentait ressaisi par moments du désir de vivre, pour communiquer aux hommes les fruits du loisir que lui avait fait la maladie. Aussi, après avoir paru, il y a deux ans, le féliciter de sa délivrance, je déplore aujourd'hui sa perte; et quand je fais le recensement des forces qui peuvent aider à la restauration de la France, n'y trouvant pas un homme si vaillant et si vivant, je dis, avec tous ceux qui le pleurent encore, et dont vous venez, Monsieur, de raviver la douleur par la belle image que vous avez tracée de lui : le P. Gratry n'a pas assez vécu !

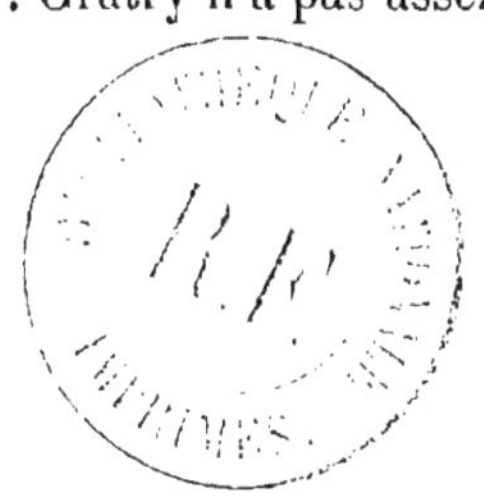

Paris. — Typogr. G. Chamerot, rue des Saints-Pères, 19.

LIBRAIRIE ACADÉMIQUE

DIDIER ET CIE

PARIS

35, QUAI DES AUGUSTINS, 35

—

1873

HISTOIRE — LITTÉRATURE — PHILOSOPHIE

ÉDITIONS IN-8

AMPÈRE (J.-J.)

Histoire littéraire de la France avant et sous Charlemagne. Nouv. édit. 3 vol. in-8. . . . . 22 fr. 50

Formation de la langue française. Complément de l'*Histoire littéraire*. Nouvelle édition, revue et corrigée. 1 vol. in-8. . . . . 7 fr. 50

La Philosophie des deux Ampère, publiée par M. J. Barthélemy Saint-Hilaire. 1 vol. in-8. . . . . 7 fr. 50

La Grèce, Rome et Dante. 3ᵉ édition. 1 vol. in-8. . . . . 7 fr. 50

La Science et les Lettres en Orient. 1 vol. in-8. . . . . 7 fr. 50

D'ASSAILLY

Albert le Grand. L'ancien monde devant le nouveau. 1ʳᵉ partie. 1 vol. in-8 7 fr 50

Les Chevaliers poètes de l'Allemagne. — *Minnesinger.* 1 vol. in-8. . 5 fr.

AUBERTIN (CH.).

Senèque et saint Paul. Étude sur les rapports supposés entre le philosophe et l'apôtre. (*Ouvrage couronné par l'Académie française.*) 1 vol. in-8. 7 fr.

D'AZEGLIO

L'Italie de 1847 à 1865. Correspondance politique publiée par M. Eug. Rendu. 1 vol. in-8 . . . . 7 fr.

BADER (CLARISSE)

La Femme dans l'Inde antique. (*Ouvrage couronné par l'Académie française.* 1 vol. in-8. . . . . 6 fr.

BARANTE

Vie de Mathieu Molé. — *Le Parlement et la Fronde.* 1 vol. in-8. . . . . 6 fr.

Histoire du Directoire de la République française, *complément de l'Histoire de la Convention.* 3 forts volumes grand in-8 cavalier. . . . . 18 fr.

Études historiques et biographiques. 2 vol. in-8. . . . . 14 fr.

Études littéraires et historiques. 2 vol. in-8. . . . . 14 fr.

Pensées et réflexions morales et politiques du comte de Ficquelmont, précédées d'une notice par M. de Barante. 1 vol. in-8. . . . . 6 fr.

Œuvres dramatiques de Schiller, trad. de M. de Barante. Nouvelle édition revue. 3 vol. in-8. . . . . 18 fr.

BARET (E.)

Les Troubadours et leur influence sur les littératures du Midi de l'Europe. 1 vol. in-8. . . . . 6 fr.

BARTHÉLEMY (ED. DE)

Mesdames de France, filles de Louis XV. 1 vol. in-8. . . . . 7 fr. 50

La Galerie des Portraits de mademoiselle de Montpensier : Éloges des seigneurs et dames, etc. Nouv. édit. avec notes. 1 vol. in-8. . . . . . . 6 fr.

BASTARD D'ESTANG

Les Parlements de France. Essai historique sur leurs usages, leur organisation et leur autorité. 2 forts volumes in-8. . . . . 15 fr.

BAUDRILLART

Publicistes modernes. 1 fort vol. in-8. . . . . 7 fr.

Jean Bodin et son temps. Tableau des théories politiques et des idées économiques au xviᵉ siècle. 1 vol. in-8 . . . . 7 fr.

BERRYER

Œuvres. 1ʳᵉ série. *Discours politiques.* 5 vol. in-8 . . . . 35 fr.

BERSOT (ERN.).

Morale et politique. 1 vol. in-8. . . . . 6 fr.
Essais de philosophie et de morale. 2 vol. in-8. . . . . 12 fr.

BERTAULD

Philosophie politique de l'histoire de France. 1 vol. in-8. . . . . . 6 fr.
La Liberté civile. Nouv. études sur les publicistes contemporains. 1 v. in-8. 7 fr.

BERTRAND (ALEX.) ET GÉNÉRAL CREULY

Guerre des Gaules. Commentaires de J. César. Trad. nouv. avec texte. 2 vol. in-8. Le 1er est en vente. Prix du vol. . . . . 7 fr.

BIMBENET (EUG.)

Fuite de Louis XVI à Varennes, d'après les documents judiciaires et administratifs, etc. 1 vol. in-8 avec des fac-simile. . . . . 7 fr. 50

J. F. BOISSONADE

Critique littéraire sous le Ier empire, avec une notice par M. Naudet, de l'Institut, et une étude de M. F. Colincamp, etc. 2 forts vol. in-8 avec portrait. 15 fr.

BONNEAU AVENANT

Madame de Miramion. Sa vie et ses œuvres charitables. (*Ouvrage couronné par l'Académie française*). 1 vol. in-8 orné d'un joli portrait. . . . 7 fr. 50

BONNECHOSE (ÉMILE DE)

Histoire d'Angleterre, depuis les temps les plus reculés jusqu'à l'époque de la Révolution française, avec un résumé chronologique des événements jusqu'à nos jours. (*Ouvrage couronné par l'Académie française.*) 2e édit. 4 vol in-8. . 28 fr.

BROGLIE (DUC DE)

Écrits et Discours. Philosophie, littérature, politique. 3 vol in-8. . . . 18 fr.

BROGLIE (A. DE)

Nouvelles études de littérature et de morale. 1 vol. in-8. . . . . . 7 fr.
L'Église et l'Empire romain au IVe siècle. — 3 parties en 6 vol. in-8. 42 fr.

BUNSEN (C.-C. J. DE)

Dieu dans l'histoire, traduction de M. Dietz, avec une étude biographique par M. Henri Martin. 1 fort vol. in-8 . . . . 7 fr. 50

CALDERON DE LA BARCA

Œuvres dramatiques, traduction de M. Ant. de Latour, avec une étude, des notices et des notes. 2 vol. in-8. . . . . 12 fr.

CARNÉ (L. DE)

Souvenirs de ma jeunesse au temps de la Restauration. 1 vol. in-8. 6 fr.
Les États de Bretagne. 2 vol. in-8. . . . . 12 fr.
Les Fondateurs de l'Unité française. Suger, saint Louis, Du Guesclin, Jeanne d'Arc, Louis XI, Henri IV, Richelieu, Mazarin. 2 vol. in-8. . . . . . 12 fr.
La Monarchie française au XVIIIe siècle. Études historiques sur les règnes de Louis XIV et de Louis XV. Nouv. édit. 1 vol. in-8. . . . . 6 fr.

CHAIGNET (ED.)

Pythagore et la Philosophie pythagoricienne. (*Ouvrage couronné par l'Académie des Sciences morales*) 2 vol. in-8. . . . . 12 fr.

CHAMPOLLION LE JEUNE

Lettres écrites d'Égypte et de Nubie en 1828 et 1829. Nouv. édit. 1 vol. in-8 avec planches. . . . . 7 fr. 50

CHASLES (PHIL.)

Voyages d'un critique à travers la vie et les livres. *Première série*: **Orient.** — *Deuxième série*: **Italie et Espagne.** 2 vol. in-8. . . . . 12 fr.

CHASLES (ÉMILE)

Michel de Cervantes. Sa vie, son temps, etc. 1 vol. in-8. . . . . 7 fr.

CHASSANG

Le Spiritualisme et l'idéal dans l'art et la poésie des Grecs. 1 vol. in-8. 6 fr.
Apollonius de Tyane, sa vie, ses voyages, ses prodiges, par PHILOSTRATE, et ses Lettres ; ouvr. trad. du grec, avec notes, etc. 1 vol. in-8. . . . . 6 fr.
Histoire du Roman dans l'antiquité grecque et latine, et de ses rapports avec l'histoire. (*Ouvrage couronné par l'Académie des inscriptions.*) 1 vol. in-8. 6 fr

CHERRIER (DE)

Histoire de Charles VIII, roi de France. 2 vol. in-8. . . . . 14 fr

CLÉMENT (CHARLES)

Prudhon, sa vie, ses œuvres et sa correspondance. 2e éd. 1 v. in-8. 6 fr.
Géricault. — *Étude biographique et critique*, avec le catalogue raisonné de l'œuvre du maître. 1 vol. in-8. . . . . 6 fr.

CLÉMENT (PIERRE)

L'Abbesse de Fontevrault, *Gabrielle de Rochechouart de Mortemart.* 1 vol. in-8, orné d'un portrait. . . . . 7 fr. 50
Enguerrand de Marigny, *Beaune de Semblançay, le chevalier de Rohan.* Episodes de l'histoire de France. 2e édition. 1 vol. in-8. . . . . 6 fr.

COMBES (F.)

La Princesse des Ursins. Essai sur sa vie et son caractère politique. 1 v. in-8. 5 fr.

COURCY (MARQUIS DE)

L'Empire du Milieu. État et description de la Chine. 1 fort vol. in-8. . . . 9 fr.

COURDAVEAUX

Caractères et Talents. Études de littérature ancienne et moderne. 1 vol in-8. 6 fr.
Entretiens d'Épictète, trad. nouvelle et complète. 1 vol. in-8. . . . . . 7 fr.
Eschyle, Xénophon et Virgile. 1 vol. in-8. . . . . 5 fr.

COUSIN (V.)

La Jeunesse de Mazarin. 1 fort vol. in-8. . . . . 7 fr.
La Société française au XVIIe siècle, d'après le *Grand Cyrus,* roman de mademoiselle de Scudéry. 3e édit. 2 vol. in-8. . . . . 14 fr.
Madame de Chevreuse. 5e édit. 1 vol. in-8, orné d'un joli portrait. . . 7 fr.
Madame de Hautefort. 2e édit. 1 vol. in-8. avec un joli portrait. . . . . 7 fr.
Jacqueline Pascal. 7e édition. 1 vol. in-8, *fac-simile* . . . . 7 fr.
La Jeunesse de madame de Longueville. 7e édit. 1 v. in-8, 2 port. 7 fr.
Madame de Longueville pendant la Fronde (2e édit.). 1 vol. in-8 . . 7 fr.
Madame de Sablé. 2e édition. 1 vol. in-8, avec portrait. . . . . 7 fr.
Études sur Pascal. 1 vol. in-8. (*Sous presse.*)
Fragments et Souvenirs littéraires. 1 vol. in-8. . . . . 7 fr.
Premiers Essais de Philosophie. 4e édit. 1 vol. in-8 . . . . 6 fr.
Philosophie sensualiste du XVIIIe siècle. Nouvelle édit. 1 vol. in-8. 6 fr.
Introduction à l'Histoire de la Philosophie. Nouv. édition. 1 vol. in-8. . 6 fr.
Histoire générale de la Philosophie depuis les temps les plus anciens jusqu'au XIXe siècle. 10e édit. 1 vol. in-8. . . . . 7 fr. 50
Philosophie de Locke. Nouvelle édition entièrement revue. 1 vol. in-8. 6 fr.
Du Vrai, du Beau et du Bien, 17e édit. 1 vol. in-8 avec portrait. . . . 7 fr.
Fragments pour servir à l'histoire de la philosophie. 5 vol. in-8. . 30 fr.
Séparément : **Philosophie ancienne et du moyen âge.** 2 vol. in-8. . 12 fr.
—— **Philosophie moderne.** 2 vol. in-8. . . . . 12 fr.
—— **Philosophie contemporaine.** 1 vol. in-8. . . . . 6 fr.

CRAVEN (Mme AUG.), NÉE LA FERRONNAYS

Récit d'une Sœur. Souvenirs de famille. 19e édition. 2 vol. in-8, avec un beau portrait. . . . . 15 fr.

DANTIER (ALPH.)

Les Monastères bénédictins d'Italie. Souvenirs d'un voyage littéraire au delà des Alpes. (*Ouvrage couronné par l'Académie française.*) 2 vol. in-8. 15 fr.

DAUDVILLE

Physiologie des instincts de l'homme. 1 vol. in-8. . . . . 6 fr.

DELAPERCHE

Essai de philosophie analytique. 1 vol. in-8. . . . . 7 fr.

DELAUNAY (FERD.)

Philon d'Alexandrie. *Écrits historiq.*, trad. et préc. d'une intr. 1 v. in-8. 7 fr.

DELÉCLUZE (E.-J.)

Louis David, son école et son temps. Souvenirs. 1 vol. in-8. . . . . 6 fr.

DELOCHE (MAX.)

La Trustis et l'Antrustion royal sous les deux 1res races. 1 vol. gr. in-8. 10 fr

DESJARDINS (ALBERT)

Les Moralistes français au XVIe siècle. (*Ouvr. cour. par l'Acad. franc.* 1 vol. in-8. . . . . 7 fr. 50

DESJARDINS (ERNEST)

Le grand Corneille historien. 1 vol. in-8. . . . . 5 fr.

Alésia (7e CAMPAGNE DE JULES CÉSAR). Résumé du débat, etc., suivi de notes inédites de Napoléon Ier sur les COMMENTAIRES DE JULES CÉSAR. In-8, avec *fac-simile*. 3 fr.

DESNOIRESTERRES (GUST.)

Gluck et Piccinni. *La musique française au XVIIIe siècle.* 1 v. in-8. 7 fr. 50

Voltaire et la Société au XVIIIe siècle. 5 séries ou volumes: *La Jeunesse de Voltaire* (épuisé). *Voltaire à Cirey. Voltaire à la cour. Voltaire et Frédéric. Voltaire aux Délices.* Le vol. à. . . . . 7 fr. 50

DREYSS (CH.)

Mémoires de Louis XIV POUR L'INSTRUCTION DU DAUPHIN. 1re édit. complète, avec une étude sur la composition des Mémoires et des notes. 2 vol. in-8. . 12 fr.

DUBOIS (D'AMIENS) (FRÉD.)

Éloges prononcés à l'Académie de médecine. PARISET, BROUSSAIS, ANT. DUBOIS, RICHERAND, BOYER, ORFILA, CAPURON, DENEUX, RÉCAMIER, ROUX, MAGENDIE, GUÉNEAU DE MUSSY, G. SAINT-HILAIRE, CHOMEL, THÉNARD, etc., etc. 2 vol. in-8. 12 fr.

DUBOIS-GUCHAN

Tacite et son siècle, ou la société romaine impériale, d'Auguste aux Antonins, dans ses rapports avec la société moderne. 2 beaux volumes in-8. . . . . 14 fr.

De l'Esprit de mon temps au point de vue moral. 1 vol. in-8. . . . . . 4 fr.

A. DUCASSE

Le général Vandamme et sa correspondance. 2 vol. in-8. . . . . . . 12 fr.

DUCLOS (H.)

Madame de La Vallière et **Marie Thérèse d'Autriche**, femme de Louis XIV, avec pièces et documents inédits. 2e édit., 2 vol. in-8. . . . . 16 fr

DU MÉRIL (ÉDELST.)

Histoire de la Comédie ancienne. 2 vol. in-8. . . . . 16 fr.

DUMONT (ALB.)

Le Balkan et l'Adriatique.—*Les Bulgares et les Albanais, le Panslavisme et l'Hellénisme*, etc. 1 vol. in-8. . . . . 6 fr.

DURAND DE LAUR

Erasme, sa vie, son œuvre. 2 forts vol. in-8. . . . . 15 fr.

EGGER

L'Hellénisme en France. Leçons sur l'influence des études grecques sur la langue et la littérature françaises. 2 vol. in-8. . . . . 15 fr.

FABRE (A.)

La Correspondance de Fléchier avec Madame des Houlières et sa fille. 1 vol. in-8. . . . . 6 fr.

FALLOUX (Cte DE)

Madame Swetchine. Sa vie et ses pensées, publiées par M. DE FALLOUX. 11e édit. 2 vol. in-8, ornés d'un portrait. . . . . 15 fr.

Lettres de madame Swetchine, publ. par M. DE FALLOUX. 3 vol. in-8. 22 fr. 50

Correspondance du P. Lacordaire avec madame Swetchine, publiée par M. DE FALLOUX. 1 vol. in-8. . . . . 7 fr. 50

Étude sur madame Swetchine, par Ern. Naville. In-8. . . . . . . 1 fr. 50

FAVRE (L.)

Le chancelier Estienne Denis Pasquier. Souvenirs de son dernier secrétaire. 1 vol. in-8. avec portrait. . . . . 7 fr. 50

FERRARI (J.)

La Chine et l'Europe, leur hist. et leurs traditions comparées. 1 vol. in-8. 7 f. 50

Histoire des Révolutions d'Italie, ou Guelfes et Gibelins. 4 vol. in-8. 24 fr.

FERRI (LOUIS.)

Histoire de la Philosophie en Italie au XIXe siècle. 2 vol. in-8. . . . 12 fr.

FEUGÈRE (LÉON)

Les Femmes poëtes au XVIe siècle, étude suivie de notices sur Mlle de Gournay, d'Urfé, Montluc, etc. 1 vol. in-8. . . . . 5 fr.

FLAMMARION

Récits de l'infini. *Lumen, Histoire d'une comète,* etc. 1 vol. in-8. . . 6 fr.

La Pluralité des mondes habités. Étude où l'on expose les conditions d'habitabilité des terres célestes, etc. Nouv. édit. 1 fort vol. in-8 avec figures. . 7 fr.

FRANCK (AD.)

Moralistes et Philosophes. 1 vol. in-8. 1872. . . . . 7 fr. 50

Philosophie et Religion. 1 vol. in-8. . . . . 7 fr. 50

GANDAR

Lettres et souvenirs d'enseignement, publiés par sa famille, avec une *Étude* par M. SAINTE-BEUVE. 2 vol. in-8. . . . . 15 fr.

Choix de Sermons de la jeunesse de Bossuet. Édition critique d'après les textes, avec introduction, notes et notices. 1 vol. in-8, 5 fac-simile. . 7 fr. 50

GEFFROY (A.)

Lettres inédites de Mme des Ursins, avec une introd. et des notes. 1 v. in-8. 6 fr.

GERMOND DE LAVIGNE

Le Don Quichotte de FERNANDEZ AVELLANEDA, traduit de l'espagnol et annoté. 1 beau vol. in-8. . . . . 5 fr.

GERUZEZ

Histoire de la littérature française jusqu'à la Révolution. (*Ouvrage couronné par l'Académie française.*) Nouvelle édition. 2 vol. in-8 . . . . 14 fr.

GODEFROY-MENILGLAISE (Mis DE)

Les savants Godefroy. Mémoires d'une famille pendant les XVIe, XVIIe et XVIIIe siècles. 1 vol. in-8. . . . . 7 fr.

GODEFROY (F.)

Lexique comparé de la langue de Corneille et de la langue du XVIIe siècle en général. (*Ouvrage couronné par l'Académie française.*) 2 vol. in-8. . . . . 15 fr.

GUADET

Les Girondins, leur vie politique et privée, leur proscription, leur mort. 2 vol. in-8. . . . . 12 fr.

GUÉRIN (MAURICE DE)

Journal, lettres et fragments, publiés par M. TREBUTIEN, avec une étude par M. SAINTE-BEUVE. 1 volume in-8. 7 fr.

GUÉRIN (EUGÉNIE DE)

Journal et lettres, publiés par M. TREBUTIEN. (*Ouvrage couronné par l'Académie française.*) 2 vol. in-8. . . . . 14 fr.

GUIZOT

Sir Robert Peel, étude d'histoire contemporaine, accompagnée de fragments *inédits* des Mémoires de Robert Peel. Nouvelle édition. 1 vol. in-8.. . . . . 6 fr.

Histoire de la Révolution d'Angleterre, depuis l'avénement de Charles Ier jusqu'à la mort de R. Cromwell (1625-1660). 6 vol. in-8, en 3 parties. . . 42 fr.

— **Histoire de Charles Ier,** depuis son avénement jusqu'à sa mort (1625-1649) précédée d'un *Discours sur la Révolution d'Angleterre.* 8e édit. 2 vol. in-8. 14 fr.

— **Histoire de la République d'Angleterre et de Cromwell** (1649-1658). 2e édit. 2 vol. in-8. . . . . 14 fr.

— **Histoire du protectorat de Richard Cromwell,** et du *Rétablissement des Stuarts* (1659-1660). 2e édit. 2 vol. in-8. . . . . 14 fr.

Études sur l'Histoire de la Révolution d'Angleterre. 2 vol. in-8 :

— **Monk. Chute de la République.** 5e édit. 1 vol. in-8, portrait. . . . . 6 fr.

— **Portraits politiques** des hommes des divers partis : *Parlementaires, Cavaliers, Républicains, Niveleurs.* Etudes historiques Nouv. édit. 1 vol. in-8. 6 fr.

Essais sur l'Histoire de France. 10e édit. revue et corrigée. 1 vol. in-8. 6 fr.

Histoire des origines du gouvernement représentatif et des institutions politiques de l'Europe, etc. Nouv. édit. 2 vol. in-8. . . . . 10 fr.

GUIZOT (*suite.*)

Histoire de la civilisation en Europe et en France, depuis la chute de l'empire romain jusqu'à la Révolution française. Nouv. édition. 5 vol. in-8 30 fr.

Discours académiques, suivis des discours prononcés pour la distribution des prix au Concours général et devant diverses sociétés, etc. 1 vol. in-8. . . 6 fr.

Corneille et son temps. Étude littéraire, etc. 1 vol. in-8. . . . . 6 fr.

Méditations et Études morales et religieuses. Nouv. édit. 1 vol. in-8. 6 fr.

Études sur les beaux-arts en général. 3e édit. 1 vol. in-8. . . . . . . 6 fr.

De la Démocratie en France. 1 vol. in-8 de 164 pages. . . . . . . 2 fr. 50

Abailard et Héloïse. Essai historique par M. et Mme Guizot, suivi des *Lettres d'Abailard et d'Héloïse*, traduites par M. Oddoul. Nouv. édit. 1 vol. in-8. 6 fr.

Grégoire de Tours et Frédégaire. — Histoire des Francs et Chronique, trad. Nouv. édit. revue et augmentée de la *Géographie de Grégoire de Tours et de Frédégaire*, par M. Alfred Jacobs. 2 vol. in-8, avec une carte spéciale. . 14 fr.

Cet ouvrage est autorisé par décision ministérielle pour les Écoles publiques.

Œuvres complètes de W. Shakspeare, traduction nouvelle de M. Guizot, avec notices et notes. 8 vol. in-8. . . . . 48 fr.

Histoire de Washington *et de la fondation de la république des États-Unis*, par M. C. de Witt, avec une Introduction par M. Guizot. 3e édition, revue et augmentée. 1 vol. in-8, avec portraits et carte. . . . . 7 fr.

Dictionnaire universel des synonymes de la langue française, contenant les synonymes de Girard, Beauzée, Roubaud, d'Alembert, etc., augmenté d'un grand nombre de nouveaux synonymes, par M. Guizot, 8e édit. 1 vol. gr. in-8.... 12 fr.

L'introduction de cet ouvrage est autorisée dans les Etablissements d'instruction publique

GUIZOT (GUILLAUME)

Ménandre. Étude historique et littéraire sur la Comédie et la Société grecques. (*Ouvrage couronné par l'Académie française.*) 1 vol. in-8, avec portrait. . . 6 fr.

HALLEGUEN (Dr)

Armorique et Bretagne. Origines armorico-bretonnes. 2 vol. in-8. . . 12 fr.

HOUSSAYE (ARSÈNE)

Histoire de Léonard de Vinci. 1 vol. in 8 avec portrait 7 50

HOUSSAYE (HENRY)

Histoire d'Alcibiade et de la République athénienne. 2 volumes in-8, ornés d'un beau portrait . . . . 14 fr.

Histoire d'Apelles. Études sur l'art grec. 1 vol. in-8. . . . . 7 fr

HUREL (L'ABBÉ A.)

Les Orateurs sacrés à la cour de Louis XIV. 2 vol. in-8. . . . 12 fr.

J. JANIN

La Poésie et l'Éloquence à Rome au temps des Césars. 1 vol. in-8. 6 fr.

JOBEZ (AD.)

La France sous Louis XV (1715-1774). 6 vol. in-8. (*Ouv. terminé.*). 35 fr.

JULIEN (ERN.)

La Chasse. Son histoire et sa législation. 1 vol. in-8. . . . . 7 fr.

JUSTE (THÉOD.)

Le Soulèvement des Pays-Bas contre la domination espagnole. 2 vol. in-8. . . . . 14 fr.

Vie de Marnix de Sainte-Aldegonde — 1538-1568 — 1 vol. in-8. . . . 5 fr.

LÉON LAGRANGE

Joseph Vernet et la Peinture au xviiie siècle, avec grand nombre de documents inédits. 1 volume in-8. . . . . 6 fr.

Pierre Puget, peintre, sculpteur architecte, etc. 1 vol. in-8. . . . . . 6 fr.

LAMENNAIS

Correspondance inédite, publiée par M. Forgues. 2 vol. in-8. . . . . . 10 fr

LAPATZ

Lettres de Synésius, traduites pour la première fois et suivies d'études, etc. 1 vol. in-8. . . . . 7 fr.

LAPRADE (V. DE)

Poëmes civiques. 1 vol. in-8 . . . . 6 fr.
Questions d'art et de morale. 1 vol. in-8. . . . . 6 fr.
Le Sentiment de la nature avant le Christianisme et chez les modernes. 2 vol. in-8. . . . . 15 fr.

LAVOLLÉE (RENÉ)

Portalis, *sa vie et ses œuvres.* 1 vol. in-8.. . . . . 6 fr.

LECOY DE LA MARCHE

La Chaire française au moyen âge, et spécialement au XIII° siècle. (*Ouvrage couronné par l'Académie des inscriptions.*) 1 vol. in-8.. . . . . 8 fr.

LE DIEU (L'ABBÉ)

Mémoires et Journal de l'abbé Le Dieu, sur la vie et les ouvrages de Bossuet, publiés sur les manuscrits autographes. 4 vol. in-8.. . . . . 20 fr.

LÉLUT

Physiologie de la pensée. Recherche critique des rapports du corps à l'esprit. 2 vol. in-8. . . . . 12 fr.

LEMOINE (ALB.)

L'Aliéné devant la philosophie, la morale et la société. 1 vol. in-8. . . 6 fr.

LESSING

La Dramaturgie de Hambourg, trad. d'Ed. DE SUCKAU et L. CROUSLÉ, avec une étude par M. A. MÉZIÈRES. 1 vol. in-8. . . . . 7 fr.
Théâtre choisi de LESSING et KOTZEBUE, avec notices et notes; traduit par MM. de BARANTE et FRANK. 1 vol. in 8. . . . . 6 fr.

LEZAT (L'ABBÉ)

De la Prédication sous Henri IV. 1 vol. in-8. . . . . 5 fr.

LITTRÉ

Histoire de la langue française. Études sur les origines, l'étymologie, la grammaire, etc. 4° édit. 2 vol. in-8. . . . . 14 fr.

LIVET (CH.)

La Grammaire française et les Grammairiens du XVII° siècle. (*Mention très-honorable de l'Académie des inscriptions.*) 1 fort vol. in-8. . . . . . 7 fr.

LOPE DE VEGA

Œuvres dramatiques. *Drames et Comédies.* Trad. de M. E. BARET, avec une Étude, des notices et notes. 2 vol. in-8.. . . . . 12 fr.

LORGERIL (Vte DE)

Poëmes. 1 vol. in-8. . . . . 6 fr.

LOVE

Le Spiritualisme rationnel, à propos des divers moyens d'arriver à la connaissance, etc. 1 vol. in-8.. . . . . 6 fr.

J. TH. LOYSON (L'ABBÉ)

L'Assemblée du clergé de France *de* 1682, d'après des documents dont un grand nombre inconnus jusqu'à ce jour. 1 vol. in-8 . . . . 7 fr.

MARTHA BECKER

Matérialisme et panthéisme. 1 vol. in-8. . . . . 5 fr.

MARTIN (HENRI)

Études d'Archéologie celtique, 1 vol. in-8. . . . . 7 fr. 50

MARY (D^r)***

Le Christianisme et le Libre Examen. Discussion des arguments apologétiques. 2 vol. in-8. . . . . 12 fr.

MATTER

Le Mysticisme en France au temps de Fénelon. 1 vol. in-8. . . . 6 fr.
Swedenborg. Sa vie, ses écrits, sa doctrine. 1 vol. in-8.. . . . . 6 fr.
Saint-Martin, *le Philosophe inconnu*, sa vie, ses écrits, etc. 1 vol. in-8. 6 fr.

MAURY (ALF.)

Les Académies d'autrefois. 2 parties:
— *L'ancienne Académie des sciences.* 1 volume in-8. . . . . 6 fr.
— *L'ancienne Académie des inscriptions et belles-lettres.* 1 volume in-8. . 6 fr.

MEAUX (Vte DE)

La Révolution et l'Empire. Étude d'histoire politique. 1 vol. in-8.. . . 6 fr.

MÉNARD (L. ET R.)

La Sculpture antique et moderne. 1 vol. in-8. . . . . 6 fr.
La Morale avant les philosophes. 1 vol. in-8. . . . . 3 fr. 50

MÉZIÈRES (ALF.)

Pétrarque. Étude d'après des documents nouveaux. (*Ouvrage couronné par l'Académie française.*) 1 vol. in-8. . . . . 7 fr. 50
Gœthe. Les œuvres expliquées par la vie. 2 vol. in-8 . . . . 15 fr.

MICHAUD (ABBÉ)

Guillaume de Champeaux et les écoles de Paris au XIIe siècle. 1 vol. in-8. 7 fr.

MIGNET

Éloges historiques : *Jouffroy, de Gérando, Laromiguière, Lakanal, Schelling, Portalis, Hallam, Macaulay.* 1 vol. in-8.. . . . . 6 fr.
Charles-Quint, SON ABDICATION, SON SÉJOUR ET SA MORT AU MONASTÈRE DE YUSTE. 5e édit., revue et corrigée. 1 beau vol. in-8. . . . . 6 fr.
Histoire de la Révolution française, de 1789 à 1814. 11e édit. 2 vol. in-8. (*Sous presse*).

MOLAND (LOUIS)

Origines littéraires de la France. Roman, Légende, etc. 1 vol. in-8. 6 fr.

MONNIER (F.)

Le Chancelier d'Aguesseau, etc., avec des documents inédits et des ouvrages nouveaux du Chancelier. (*Ouvr. cour. par l'Acad. franç.*) 2e édit. 1 vol. in-8. 6 fr.

MONTALEMBERT (COMTE DE)

L'Église libre dans l'État libre. 1 vol. in-8. . . . . 2 fr. 50

MORAND (F.)

Les jeunes années de Sainte-Beuve. 1 vol. in-8. . . . . 3 fr

MORET (ERNEST)

Quinze ans du règne de Louis XIV. 1700-1715. (*Ouvrage couronné par l'Académie française, 2e prix Gobert.*) 3 vol. in-8. . . . . 15 fr.

MOURIN (ERN.)

Les Comtes de Paris. Histoire de l'Avénement de la 3e race. (*Ouvrage cour. par l'Académie française. 2e prix Gobert*). 1 vol. in-8 . . . . 7 fr.

NOURRISSON

Tableau des progrès de la pensée humaine. Les philosophes et les philosophies depuis Thalès jusqu'à Hegel. 5e édit. revue et augm. 1 vol. in-8. 7 fr. 50
Philosophie de saint Augustin. (*Ouvrage couronné par l'Académie des sciences morales.*) 2 vol. in-8. . . . . 14 fr.
La Nature humaine. Essais de psychologie appliquée. (*Ouvrage couronné par l'Académie des sciences morales.*) 1 vol. in-8. . . . . 7 fr.
Essai sur Alexandre d'Aphrodisias, suivi du traité *du Destin et du Libre pouvoir,* traduit en français pour la première fois. 1 vol. in-8. . . . . . . 6 fr.

NOUVION (V. DE)

Histoire du règne de Louis-Philippe Ier (1830-1840). 4 vol. in-8. . . 24 fr

PELLISSON ET D'OLIVET

Histoire de l'Académie française. Nouv. édit. avec une introduction, des notes et éclaircissements, par M. CH. LIVET. 2 gros vol. in-8. . . . . . . 12 fr.

PENQUER (Mme A.)

Velléda. 3e édit. 1 vol. in-8. . . . . 6 fr.

PERRENS

La Démocratie en France au moyen-âge. (*Ouvrage couronné par l'Institut.*) 2 vol. in-8. . . . . 12 fr.
Les Mariages espagnols sous Henri IV et Marie de Médicis. (*Ouvrage couronné par l'Académie française.*) 1 vol. in-8. . . . . 7 fr.

POTIQUET

L'Institut national de France. Ses diverses organisations. — Ses membres. — Ses associés et correspondants (20 nov. 1795. — 19 nov. 1869). 1 vol. in-8. 8 fr

POUGEOIS (L'ABBÉ)

Vansleb, *savant orientaliste et voyageur;* sa vie, sa disgrâce, ses œuvres. 1 vol. in-8. . . . . 7 fr.

POUJADE (EUG.)

Chrétiens et Turcs, scènes et souvenirs de la vie politique, militaire et religieuse en Orient. 1 fort vol. in-8. . . . . 6 fr.

PRELLER

Les Dieux de l'ancienne Rome. *Mythologie romaine,* trad. par M. Dietz, avec préface de M. Alf. Maury. 1 vol. in-8. . . . . 7 fr. 50

RAYNAUD (MAURICE)

Les Médecins au temps de Molière. Mœurs, Institutions, Doctr. 1 v. in-8. 6 fr.

RÉAUME (EUG.)

Les Prosateurs français du XVIe siècle. 1 vol. in-8. . . . . 6 fr.

REYNALD (H.)

Mirabeau et la constituante. (*Ouv. cour par l'Acad. franç.*) 1 v. in-8. 7 fr. 50

RIBOT

Philosophie de la Société. Etude sur notre organisation sociale. 1 vol. in-8. 6 fr.

ROSELLY DE LORGUES

Christophe Colomb. Sa vie et ses voyages. 3e édit. 2 vol. in-8, portr. . . 12 fr.

ROUGEMONT

L'Age du Bronze, ou les *Sémites en Occident,* matériaux pour servir à l'histoire de la haute antiquité. 1 vol. in-8. . . . . 7 fr.

ROUSSET (CAMILLE)

Les Volontaires. — 1791-1794. — 1 vol. in-8. . . . . 6 fr.
Le Comte de Gisors, 1732-1758, étude historique. 1 vol. in-8 . . . 7 fr.
Histoire de Louvois et de son administration politique et militaire. (*Ouvrage couronné par l'Académie française. 1er prix Gobert.*) 3e édit. 4 vol. in-8. 28 fr.
Correspondance de Louis XV et du maréchal de Noailles. 2 v. in-8. 12 fr.

P. ROUSSELOT

Les Mystiques espagnols. 2e édit. 1 vol. in-8. . . . . 7 fr. 50

SACY (S. DE)

Variétés littéraires, morales et historiques. 2e édit. 2 vol. in-8. . . . . 14 fr.

J. BARTHÉLEMY SAINT-HILAIRE

Le Bouddha et sa religion. Nouv. édition, revue et augm. 1 vol. in-8. . 7 fr.
Mahomet et le Coran. Précédé d'une introduction sur les devoirs mutuels de la philosophie et de la religion. 1 vol. in-8. . . . . 7 fr.
L'Iliade d'Homère, trad. en vers français. 2 vol in-8. . . . . 16 fr

SAISSET (E.)

Le Scepticisme. — Ænésidème. — Pascal. — Kant. — Études, etc. 1 vol. in-8. 6 fr
Précurseurs et Disciples de Descartes. Études d'histoire et de philosophie. 1 vol. in-8. . . . . 6 fr

SALVANDY (N. DE)

Histoire de Sobieski et de la Pologne. 2 vol. in-8. Nouvelle édition. . . 14 fr.
Don Alonso, ou l'Espagne; histoire contemporaine. Nouv. édit. 2 v. in-8. 14 fr.
La Révolution de 1830 et *le Parti révolutionnaire.* Nouv. édit. 1 vol in-8. 1855. . . . . 5 fr

SAULCY (F. DE)

Voyage en terre sainte. 2 vol. grand in-8. . . . . 20 fr.
Histoire de l'Art judaïque, d'après les textes sacrés et profanes. 1 vol. in-8. 6 fr
Les Campagnes de Jules César dans les Gaules. Etudes d'archéologie militaire. 1 vol. in-8, fig. . . . . 7 fr

SAYOUS (A)

Le Dix-huitième siècle à l'Étranger. — Histoire de la littérature française en Angleterre, en Prusse, en Suisse, en Hollande, etc., depuis Louis XV jusqu'à la Révolution. (*Ouvr. cour. par l'Académie franç.*) 2 vol. in-8. 12 fr

SCHILLER

Œuvres dramatiques, trad. de M. de Barante. Nouv. édit. entièrement revue, accompagnée d'une étude, de notices et de notes. 3 vol. in-8. . . . . . 18 fr.

SCHNITZLER

Rostoptchine et Kutusof. *La Russie en* 1812. Tableau de mœurs et essai de critique historique. 1 vol. in-8 . . . . 6 fr.

SCLOPIS (F.)

Histoire de la Législation italienne, trad. par M. Ch. Sclopis. 2 v. in-8. 10 fr.

SHAKSPEARE

Œuvres complètes, traduct. de M. Guizot. Nouvelle édition revue, accompagnée d'une Étude sur Shakspeare, de notices, de notes. 8 vol. in-8. . . . . 48 fr.

SOREL

Le Couvent des Carmes et le Séminaire de Saint-Sulpice pendant la Terreur, 1 vol. in-8 avec planches . . . . 7 fr.

DANIEL STERN

Dante et Gœthe. Dialogues. 1 vol. in-8. . . . . 6 fr.

STAAFF

Lectures choisies de littérature française depuis la formation de la langue jusqu'à nos jours. 3e édition. 3 vol. in-8 divisés en six cours. . . . . . 25 fr.

TAILLANDIER (SAINT-RENÉ)

La Serbie. Kara George et Milosch. 1 vol. in 8. . . . . 7 fr. 50

THIERRY (AMÉDÉE)

Saint Jean Chrysostome et Eudoxie. 1 vol. in-8. . . . . 8 fr.

Saint Jérôme. La Société chrétienne à Rome et l'émigration romaine en terre sainte. 2 vol. in-8 . . . . 1[illegible] fr.

Trois Ministres des fils de Théodose. Nouveaux Récits de l'histoire romaine. 1 vol. in-8. . . . . 7 fr.

Récits de l'Histoire romaine au ve siècle. 3e édit. 1 vol. in-8. . . . . 7 fr.

Tableau de l'Empire romain, depuis la fondation de Rome jusqu'à la fin du gouvernement impérial en Occident. 4e édit. 1 vol. in-8. . . . . 7 fr.

Histoire d'Attila, de ses fils et de ses successeurs en Europe. Nouv. édit. revue. 2 vol. in-8. . . . . 14 fr.

Histoire des Gaulois jusqu'à la domination romaine. 6e éd. rev. 2 v. in-8. 14 fr.

Histoire de la Gaule sous la domination romaine. 3 vol. in-8. Tomes I et II en vente. Le vol. à. . . . . 7 fr.

TISSERAND

Antoine Godeau, évêque de Vence. Etude littéraire et histor. 1 vol. in-8. 6 fr.

TISSOT

L'Imagination. Ses bienfaits et ses égarements, surtout dans le domaine du merveilleux. 1 vol. in-8. . . . . 7 fr. 50

Turgot. Sa vie, son administration, ses ouvrages. (*Ouvrage couronné par l'Académie des sciences morales.*) 1 vol. in-8.. . . . . 5 fr.

Les Possédées de Morzine. Broch. in-8. . . . . 1 fr.

TOPIN (MARIUS)

L'Homme au masque de fer. (*Ouv. cour. par l'Acad. franç.*) 1 vol. in-8. 7 fr.

L'Europe et les Bourbons sous Louis XIV. (*Ouvrage couronné par l'Académie française.* Prix Thiers.) 1 vol. in-8. . . . . 7 fr

VILLEMAIN

Histoire de Grégoire VII. 2 vol. in-8. . . . . 15 fr.

Souvenirs contemporains d'Histoire et de Littérature. Première partie : M. de Narbonne, etc. 7e édit. 1 vol. in-8. . . . . 7 fr.

Souvenirs contemporains d'Histoire et de Littérature. Deuxième partie : Les Cent-Jours. 1 vol. in-8. Nouv. édit. . . . . 7 fr

VILLEMAIN (*suite*)

La République de Cicéron, traduite avec une introduction et des suppléments historiques. 1 vol. in-8. . . . . 6 fr.

Choix d'Études SUR LA LITTÉRATURE CONTEMPORAINE : *Rapports académiques*, Études sur *Chateaubriand*, *A. de Broglie*, *Nettement*, etc. 1 vol. in-8. . . . . . . 6 fr.

Cours de Littérature française : le *Tableau de la Littérature au XVIIIe siècle* et le *Tableau de la Littérature au moyen âge*. Nouv. édit. 6 vol. in-8. 36 fr.

Tableau de l'éloquence chrétienne au IVe siècle, etc. Nouv. édit. 1 fort vol. in-8. . . . . 6 fr.

Discours et Mélanges littéraires : *Éloges de Montaigne et de Montesquieu*. — *Sur Fénelon et sur Pascal*. — *Rapports et discours académiques*. Nouv. édit. 1 vol. in-8. . . . . 6 fr.

Études de Littérature ancienne et étrangère : *Hérodote*, *Lucrèce*, *Lucain*, *Cicéron*, *Tibère et Plutarque*. — *Les romans grecs*. — *Shakspeare*; *Milton*; *Byron*, etc. Nouv. édit. 1 vol. in-8. . . . . 6 fr.

Études d'Histoire moderne : *Discours sur l'état de l'Europe au XVe siècle*. — *Lascaris*. — *Essai historique sur les Grecs*. — *Vie de l'Hôpital*. 1 vol. in-8. 6 fr.

Essais sur le génie de Pindare et la poésie lyrique, etc. 1 vol. in-8. 6 fr.

VILLEMARQUÉ (H. DE LA)

Barzaz Breiz. *Chants populaires de la Bretagne*, recueillis et annotés avec musique. 1 vol. in-8. . . . . 7 fr. 50

Le grand Mystère de Jésus. Drame breton du moyen âge, avec une Étude sur le théâtre chez les nations celtiques. 1 vol. in-8, pap. de Hollande. . . . 12 fr.

— LE MÊME, pap. ordinaire. . . . . 7 fr.

La Légende celtique et la poésie des cloîtres, etc. 1 vol. in-8. . 6 fr.

Les Bardes bretons. Poëmes du VIe siècle, traduits en français avec fac-simile. Nouv. édit. 1 vol. in-8. . . . . 7 fr.

Les Romans de la Table ronde et les Contes des anciens Bretons. Nouv. édit. 1 vol. in-8. . . . . 7 fr.

Myrdhinn ou l'Enchanteur Merlin. Son histoire, ses œuvres, son influence. 1 vol. in-8. . . . . 7 fr.

VITU (AUG.)

Histoire civile de l'armée, ou des conditions du service militaire en France avant la formation des armées permanentes. 1 vol. in-8. . . . . 6 fr.

VOLTAIRE

Lettres inédites de Voltaire, publiées par MM. DE CAYROL et FRANÇOIS, avec une Introduction par M. SAINT-MARC GIRARDIN. 2e édit. augmentée. 2 vol. in-8. 12 fr.

Voltaire à Ferney. Correspondance inédite avec la duchesse de Saxe-Gotha, nouvelles Lettres et Notes historiques inédites, publiées par MM. EV. BAVOUX et A. FRANÇOIS. Nouv. édit. augmentée. 1 vol. in-8. . . . . 6 fr.

Voltaire et le président de Brosses. Correspondance inédite, suivie d'un Supplément etc., publiée avec notes, par M. TH. FOISSET. 1 vol. in-8. . . . . 5 fr.

WADDINGTON

Dieu et la Conscience. 1 vol in-8. . . . . 6 fr.

WIDAL

Juvénal et ses satires. Études littéraires et morales. 1 vol. in-8. . . 7 fr.

WITT (CORNÉLIS DE)

Études sur l'histoire des États-Unis d'Amérique. 2 volumes :

— **Thomas Jefferson**. Étude historique sur la démocratie américaine. 2e édit. 1 vol. in-8, orné d'un portrait. 7 fr.

— **Histoire de Washington** *et de la fondation de la République des États-Unis*, avec une Étude par M. GUIZOT. 3e édit. 1 vol. in-8, portraits et carte. 7 fr.

ZELLER

Origines de l'Allemagne et de l'empire germanique. 1 volume in-8 avec cartes. . . . . 7 fr. 50

Fondation de l'Empire germanique. 1 vol. in-8 avec 2 cartes. . . . 7 fr. 50

DISCOURS ACADÉMIQUES

Discours de MM. Littré et de Champagny à l'Académie française, le 5 juin 1873. In-8 . . . 1 fr

Discours de MM. le duc d'Aumale et Cuvillier Fleury, séance du 3 avril 1873. In-8. . . . 1 fr.

Discours de MM. Rousset et d'Haussonville, séance du 2 mars 1872. In-8. 1 fr.

Discours de MM. Duvergier de Hauranne et Cuvillier-Fleury, séance du 29 février 1872. In-8. . . . 1 fr.

Discours de MM. X. Marmier et Cuvillier-Fleury, séance du 7 décembre 1871. In-8. . . . 1 fr.

Discours de MM. Jules Janin et Camille Doucet, séance du 9 novembre 1871. In-8 . . . 1 fr.

Discours de MM. Barbier et Silvestre de Sacy, séance du 17 mai 1870. In-8 . . . 1 fr.

Discours de MM. d'Haussonville et Saint-Marc Girardin, séance du 13 mars 1870. In-8. . . . 1 fr.

Discours de MM. de Champagny et Silvestre de Sacy, séance du 10 mars 1870. In-8. . . . 1 fr.

Discours de MM. Autran et Cuvillier-Fleury, séance du 8 avril 1869. In-8. . . . 1 fr.

Discours de MM. Claude Bernard et Patin, séance du 27 mai 1869. In-8. . . . 1 fr.

Discours de MM. Jules Favre et Ch. de Rémusat, séance du 23 avril 1868. . . . 1 fr.

Discours de MM. l'abbé Gratry et Vitet, séance du 26 mars 1868. . . 1 fr.

Discours de MM. Cuvillier-Fleury et Nisard, séance du 11 avril 1867. 1 fr.

Discours de M. Guizot, en réponse à celui de M. Prévost-Paradol, séance du 8 mars 1866. . . . 50 c.

Discours de MM. Camille Doucet et Sandeau, séance du 22 février 1866. 1 fr.

Discours de MM. Dufaure et Patin, séance du 7 avril 1864. In-8. . . 1 fr.

Discours de MM. le comte de Carné et Viennet, séance du 4 février 1864. In-8. . . . 1 fr.

Discours de MM. le prince de Broglie et Saint-Marc-Girardin, séance du 26 février 1863. In-8. . . . 1 fr.

Discours de MM. J. Sandeau et Vitet, séance du 26 mai 1859. In-8. . 1 fr.

Discours de MM. de Laprade et Vitet, séance du 17 mars 1859. In-8. . 1 fr

Discours de MM. le comte de Falloux et Brifaut, séance du 26 mars 1857. In-8. . . . 1 fr.

Discours de MM. Biot et Guizot, séance du 5 février 1857. In-8. . . 1 fr.

Discours de MM. le duc de Broglie et Désiré Nisard, séance du 3 avril 1856. In-8. . . . 1 fr.

Discours de MM. Silvestre de Sacy et de Salvandy, séance du 22 juin 1855. In-8. . . . 1 fr.

Discours de MM. Berryer et de Salvandy, séance du 22 février 1855. In-8. . . . 1 fr.

Discours de MM. Villemain et Guizot, à l'Académie française (séance annuelle du 25 août 1859). In-8. . . . 1 fr.

Notice historique sur la vie et les travaux de M. Victor Cousin, par M. Mignet, séance du 16 janvier 1869. In-8 . . . 1 fr.

Éloge de M. Horace Vernet, par M. Beulé, prononcé à l'Académie des beaux-arts, le 3 octobre 1863. In-8. . . . 1 fr.

Éloge de M. Hippolyte Flandrin, par M. Beulé, prononcé à l'Académie des beaux-arts, le 19 novembre 1864. In-8. . . . 1 fr.

Éloge de M. Meyerbeer, par M. Beulé, à l'Académie des Beaux-Arts, le 28 octobre 1865. In-8. . . . 1 fr.

BIBLIOTHÈQUE ACADÉMIQUE

Format in-12.

ALAUX

La Raison.—Essai sur l'avenir de la philosophie. 1 vol. . . . . 3 fr.

AMPÈRE (J.-J.)

Formation de la langue française. Complément de l'**Histoire littéraire de la France.** 3e édition revue et annotée. 1 fort vol. . . . . 4 fr.
Histoire littéraire de la France avant et sous Charlemagne. 3e édition revue. 3 vol. . . . . 10 fr. 50
La Grèce, Rome et Dante, études littéraires. 3e édit. 1 vol. . . . . . . 3 fr. 50
La Science et les Lettres en Orient. 2e édit. 1 vol. . . . . 3 fr. 50
Heures de poésie. Nouvelle édition. 1 vol. . . . . 3 fr. 50
Philosophie des deux Ampère, avec Préface de M. B. Saint-Hilaire. 2e édit. 1 vol. . . . . 3 fr. 50

AUBERTIN (CH.)

L'Esprit public au XVIIIe siècle. (*Ouv. couronné par l'Académie française.*) 2e édit. 1 fort vol. . . . . 4 fr.
Sénèque et saint Paul. Etude sur les rapports supposés entre le philosophe et l'apôtre. (*Ouv. couronné par l'Acad. française*). 2e édit. 1 vol. . . . 3 fr. 50

AUBRYET (XAV.)

Les Représailles du Sens commun. 1 vol. . . . . 3 fr. 50

AUDIAT

Bernard Palissy. Étude sur sa vie et ses travaux. (*Ouv. couronné par l'Académie française.*) 1 vol. . . . . 3 fr. 50

AUDIGANNE

La Morale dans les Campagnes. 1 vol. . . . . 3 fr. 50

AUDLEY (Mme)

Franz Schubert. Sa vie, ses œuvres. Avec le Catalogue de ses pièces. 1 vol. 3 fr.
Beethoven, sa vie, ses œuvres. Avec le Catalogue. 1 vol. . . . . 3 fr.

AUGER (ED.)

Récits d'outre-mer. 1 vol. . . . . 3 fr.

D'AZEGLIO (MASSIMO)

L'Italie de 1847 à 1865. Correspondance politique publiée par Eug. Rendu. 3e édition. 1 vol. in-12. . . . . 3 fr. 50

BADER (Mlle)

La Femme biblique, sa vie morale et sociale. 2e édit. 1 vol. . . . . . 3 fr. 50
La Femme grecque. (*Ouvrage couronné par l'Académie française*). 2e édition. 2 vol. . . . . 7 fr.

BABOU

Les Amoureux de Mme de Sévigné, etc. 2e édition. 1 vol. . . . . 3 fr.

BAGUENAULT DE PUCHESSE

L'Immortalité. — *La mort et la vie.* 3e édit. revue. 1 vol. . . . . . . 3 fr. 50

BAGUENAULT DE PUCHESSE (GUSTAVE)

Jean de Morvillier, évêque d'Orléans, garde des sceaux. Étude sur la politique française au XVIe siècle. 2e édit. 1 vol. . . . . 3 fr. 50

BAILLON (COMTE DE)

Lettres d'Horace Walpole, pendant ses voyages en France. 2e édit. 1 vol. 3 fr. 50
Lord R. Walpole à la cour de France. 1723-1730. 2e édit. 1 vol. . 3 fr. 50

BARET

Les Troubadours, et leur influence sur la littérature du midi de l'Europe. 3e édition. 1 vol. . . . . 3 fr. 50

BARANTE

Études historiques et littéraires. Nouv. édit. 4 vol. . . . . 14 fr.
Royer-Collard. — Ses discours et ses écrits. Nouv. éd. 2 vol. (*sous presse*) 7 fr.
Histoire des ducs de Bourgogne Nouv. édit., illustrée de vign. 8 vol. 28 fr.
Tableau littéraire du XVIIIe siècle. Nouv. édit. 1 vol. . . . . 3 fr. 50
Histoire de Jeanne d'Arc. *Édition populaire.* 1 vol. . . . . 1 fr. 25

BARTHÉLEMY (ED. DE)

Mesdames, filles de Louis XV. 2ᵉ édit. 1 fort vol. . . . . 4 fr.
La princesse de Condé, *Charlotte Catherine de la Trémoille*, d'après des lettres inédites. 1 vol. . . . . 3 fr. 50
Journal d'un Curé ligueur de Paris, etc. 1 vol. . . . . 3 fr.

H. BAUDRILLART

Publicistes modernes. *Young, de Maistre, M. de Biran, Ad. Smith, L. Blanc, Proudhon, Rossi, Stuart-Mill*, etc. 2ᵉ édition. 1 vol. . . . . 3 fr. 50

BAUTAIN (L'ABBÉ)

Philosophie des lois au point de vue chrétien. 3ᵉ édit. 1 vol. . . . . . 3 fr. 50
La Conscience, ou la Règle des actions humaines. 2ᵉ édit. 1 vol. . . . 3 fr. 50

BECQ DE FOUQUIÈRES

Aspasie de Milet. Étude historique et morale 1 vol. . . . . 3 fr. 50

BENLOEW

Essais sur l'esprit des littératures. La Grèce et son cortége. 1 vol. 3 fr. 50

BENOIT

Chateaubriand, sa vie, ses œuvres. (*Ouv. cour. par l'Acad. franç.*) 1 vol. 3 fr.

BERSOT (ERN.)

Morale et politique. 2ᵉ édit. 1 vol. . . . . 3 fr. 50
Essais de philosophie et de morale. 2ᵉ édit. 2 vol. . . . . 7 fr.

BERTAULD

La Liberté civile. Nouvelles études sur les publicistes. 2ᵉ édit. 1 vol. 3 fr. 50

BERTRAND (GUSTAVE)

Les Nationalités musicales au point de vue du drame lyrique. 1 vol. 3 fr. 50

BEULÉ

Fouilles et Découvertes. 2ᵉ édit. 2 vol. . . . . 7 fr.
Histoire de l'Art grec avant Périclès. 2ᵉ édit. 1 vol. . . . . 3 fr. 50
Phidias. Drame antique. 2ᵉ édition. 1 vol. . . . . 3 fr. 50
Causeries sur l'art. 2ᵉ édit. 1 vol. . . . . 3 fr. 50

BLANCHECOTTE (Mᵐᵉ)

Tablettes d'une femme pendant la Commune. 1 vol. . . . . 3 fr. 50
Rêves et Réalités, etc. 3ᵉ édit. (*Ouv. cour. par l'Acad. franç.*) 1 vol. . . 3 fr.
Impressions d'une femme. (*Ouv. couronné par l'Acad. franç.*) 1 vol. . . . 3 fr.

BONHOMME (HONORÉ)

Le dernier abbé de cour. 1 vol. 3 fr. 50
Madame de Maintenon et sa famille, etc. 1 vol. . . . . 3 fr.

BOILLOT

L'Astronomie au XIXᵉ siècle. Tableau des progrès de cette science jusqu'à nos jours. 2ᵉ édit., augm. d'une nouv. étude sur le *Soleil*. 1 vol. . . 3 fr. 50

BOUILLIER (FRANCISQUE)

Le Principe vital et l'âme pensante. 2ᵉ édit. revue et aug. 1 fort vol. 4 fr.

BROGLIE (ALB. DE)

L'Église et l'Empire romain au IVᵉ siècle. 3 parties en 6 vol. . . . . 21 fr.
Nouvelles Études de littérature et de morale. 2ᵉ édit. 1 vol. . . . 3 fr. 50

BUNSEN (C.-C. J. DE)

Dieu dans l'histoire, trad. par DIETZ, avec notice par HENRI MARTIN. 2ᵉ éd. 1 vol. 4 fr.

CARNÉ (Cᵗᵉ L.)

Souvenirs de ma Jeunesse au temps de la Restauration. 2ᵉ édit. 1 v. 3 fr. 50

CELLER (LUD.)

Les Origines de l'Opéra et le Ballet de la Reine, 1581, etc. 1 vol. . . . . 3 fr.

CHAIGNET

La Vie et les écrits de Platon. 1 fort vol. . . . . 4 fr.
La Vie de Socrate. 1 vol. . . . . 3 fr.

CHAMBRIER (J. DE)

Marie-Antoinette, reine de France. 2ᵉ édit., revue, 2 vol. . . . . 7 fr.
Un peu partout. *Du Danube au Bosphore.* 2ᵉ édit. 1 vol. . . . . 3 fr.

CHANTEPIE (ED.)

Le Personnage humain dans la nature et dans la cité. 1 vol. . . . . . 3 fr.

CHASLES (PHILARÈTE)

Voyages d'un critique à travers la vie et les livres 1ʳᵉ série, Orient. — 2ᵉ série, Italie et Espagne. 2ᵉ édit. vol. . . . . 7 fr.

CHASLES (ÉMILE)

Michel de Cervantes. Sa Vie, son temps. 2ᵉ édit. 1 vol. . . . . 3 fr. 50

CHASSANG

Le Spiritualisme et l'idéal dans l'art et la poésie des Grecs. 2ᵉ édit. 1 vol. 3 fr. 50
Apollonius de Tyane. Sa vie, ses voyages, ses prodiges par Philostrate et ses lettres, trad. du grec, avec notes, etc. 2ᵉ édit. 1 vol. . . . . 3 fr. 50
Histoire du Roman dans l'antiquité grecque et latine. (*Ouvrage couronné par l'Académie des inscriptions.*) Nouv. édit. 1 vol. . . . . 3 fr. 50

CHERRIER (CH. DE)

Histoire de Charles VIII, roi de France, d'après des documents inédits. 2ᵉ édition. 2 vol. in-12. . . . . 7 fr

CHESNEAU (ERNEST)

Les Nations rivales dans l'art. Peinture et Sculpture. 1 vol. . . . . 3 fr. 50
Les Chefs d'école. — La Peinture au XIXᵉ siècle. 1 vol. . . . . 3 fr. 50
L'Art et les Artistes modernes en France et en Angleterre. 1 vol. . . . 3 fr.

CLÉMENT (CHARLES)

Géricault. Étude biographique et critique. 2ᵉ édit. 1 vol.. . . . . . . 3 fr. 50

CLÉMENT (PIERRE)

L'Abbesse de Fontevrault. G. de Rochechouart. 2ᵉ édit. 1 v., portr. 4 fr.
Madame de Montespan. 2ᵉ édition. 1 vol. . . . . 3 fr. 50
La Police sous Louis XIV. 2ᵉ édition. 1 vol. . . . . 3 fr. 50
L'Italie en 1671. Relation du marquis de Seignelay, etc. 1 vol. . . . . 3 fr.
Enguerrand de Marigny, *Semblançay, le Chevalier de Rohan.* 2ᵉ édit. 1 v. 3 fr.
Jacques Cœur et Charles VII. Étude historique. etc. (*Ouv. couronné par l'Acad. française.*) Nouv. édit. 1 fort vol. . . . . 4 fr.

CLÉMENT (PIERRE) ET LEMOINE (ALFR.)

M. de Silhouette et les derniers fermiers généraux. 1 vol. . . . . 3 fr.

COCHIN (AUG.)

Conférences et lectures. Lincoln, Ulysse Grant, Longfellow, Mᵐᵉ Craven, etc. 3ᵉ édit. 1 vol. . . . . 3 fr. 50

COSSOLLES (H. DE)

Du Doute. Introduction à l'apologie du Christianisme. 2ᵉ édit. 1 vol. 3 fr. 50

COUSIN (V.)

La Société française au XVIIᵉ siècle, d'après le *Grand Cyrus* de Mˡˡᵉ Scudéry. Nouv. édit. 2 vol. . . . . 7 fr.
Jacqueline Pascal. Premières études, etc. 6ᵉ édit. 1 vol.. . . . . . . 3 fr. 50
Madame de Sablé. 3ᵉ édit. 1 vol. . . . . 3 fr. 50
La Jeunesse de madame de Longueville. 8ᵉ édition. 1 vol. . . . 3 fr. 50
Madame de Longueville pendant la Fronde. 4ᵉ édit. 1 vol. . . . . 3 fr. 50
Madame de Chevreuse. 4ᵉ édition. 1 vol.. . . . . 3 fr. 50
Madame de Hautefort. 3ᵉ édit. 1 vol. . . . . 3 fr. 50
Introduction à l'histoire de la Philosophie. (Cours de 1828.) 1 vol. . . 3 fr. 50
Premiers essais de philosophie. (Cours de 1815.) Nouv. édit. 1 v. in-12. 3 fr. 50
Du vrai, du beau et du bien. 18ᵉ édit. 1 vol.. . . . . 3 fr. 50
Philosophie sensualiste du XVIIIᵉ siècle. Nouv. édit. 1 vol. . . . 3 fr. 50
Histoire générale de la Philosophie, 9ᵉ édition, 1 vol . . . . 4 fr.
Philosophie de Locke. (Cours de 1830.) Nouv. édit. 1 vol. . . . . . 3 fr. 50
Des Principes de la Révolution française, etc. Nouv. édit. 1 vol . 3 fr. 50

CRAVEN (Mᵐᵉ AUG.)

Fleurange. (*Ouv. couronné par l'Académie française*). 12ᵉ édit. 2 vol. 6 fr.
Récit d'une sœur, souvenirs de famille. (*Ouv. couronné par l'Académie française*). 26ᵉ édit. 2 vol.. . . . . 8 fr.
Anne Séverin. 12ᵉ édit. 1 vol. . . . . 4 fr.
Adélaïde Capece Minutolo. 6ᵉ édit. 1 vol.. . . . . 2 fr.
Le Comte de Montalembert. Étude. 1 vol. . . . . 2 fr.

DANTIER

Les Monastères bénédictins d'Italie. Souvenirs, etc. (*Ouv. couronné par l'Académie française.*) 2ᵉ édition. 2 vol. . . . . 8 fr.

DAREMBERG

La Médecine. — *Histoire et doctrines.* (*Ouv. couronné par l'Académie française.*) 2ᵉ édit. 1 vol. . . . . 3 fr. 50

DE BROSSES (LE PRÉSIDENT)

Le Président de Brosses en Italie. Lettres familières écrites d'Italie, en 1739 et 1740. 3e édit. 2 vol. . . . . 7 fr.

DELAUNAY (FERD.)

Philon d'Alexandrie. *Écrits historiques.* Trad. et précédés d'une introd., 2e édit. 1 vol. . . . . 3 fr. 50

DELAVIGNE (CASIMIR)

Œuvres. *Théâtre et poésies.* 4 vol. . . . . 14 fr.

DELÉCLUZE (E. J.)

Louis David. Son école et son temps. Souvenirs. Nouv. éd. 1 vol. . . . 3 fr. 50

DELORME

César et ses contemporains. 1 vol. . . . . 3 fr. 50

DESJARDINS (ARTHUR)

Les Devoirs. Essai sur la morale de Cicéron. (*Ouv. cour. par l'Inst.*) 1 vol. 3 fr. 50

DESJARDINS (ALBERT)

Les Moralistes français au XVIe siècle. (*Ouvrage couronné par l'Institut.*) 2e édition. 1 fort vol. . . . . 4 fr.

DESJARDINS (ERNEST)

Le Grand Corneille historien. Nouv. édit. 1 vol. . . . . 3 fr.

DESMAZE

Le Châtelet de Paris. Son organisation, etc. 2e édit., revue. 1 vol. . 3 fr. 50

DESNOIRESTERRES (G.)

Voltaire et la Société du XVIIIe siècle. 4 séries ou vol. comme suit : 1° *La Jeunesse de Voltaire.* — 2° *Voltaire à Cirey.* — 3° *Voltaire à la cour.* — 4° *Voltaire et Frédéric.* 2e édition. Le vol. . . . . 4 fr.

D'HÉZECQUES (Cte DE FRANCE)

Souvenirs d'un page de la cour de Louis XVI, publiés par le Cte D'HÉZECQUES. 1 vol. . . . . 3 fr.

DIONYS

L'Ame. Son existence, ses manifestations. 1 vol. in-12 . . . . 3 fr. 50

DU CAMP (MAXIME)

Orient et Italie, souvenirs de voyages et de lectures. 1 vol. . . . . . 3 fr. 50

DUMONT (ALB.)

L'Administration et la propagande prussiennes en Alsace. 1 vol. . . 3 fr.

DUPONT (LÉONCE)

La Commune et ses auxiliaires devant la Justice. 1 vol. . . . . 3 fr.

ERNOUF (BARON)

Souvenirs de la Terreur. Mémoires d'un curé de campagne. 1 vol. . . . 3 fr.
Les Français en Prusse, 1807. D'après les documents contemp. 1 vol. 3 fr.
Le Général Kléber. Mayence, Vendée, Allemagne, Égypte. 1 vol. . . . . 3 fr.

FALLOUX (Cte DE)

Madame Swetchine. *Sa vie et ses œuvres.* Nouv. édit. 2 vol., ornés d'un portrait. . . . . 8 fr.
Madame Swetchine. *Lettres complètes.* 4e édit. 3 forts vol. . . . . . 12 fr.
Correspondance du R.P. Lacordaire et de Mme Swetchine. 7e éd. 1 v. 4 fr.
Louis XVI, 4e édit. 1 vol. . . . . 3 fr. 50

FEILLET (ALPH.)

La Misère au temps de la Fronde et saint Vincent de Paul. 3e édit. revue 1 vol. . . . . 3 fr. 50

FÉNELON

Aventures de Télémaque et d'Aristonoüs, précédées d'une Étude par M. VILLEMAIN. Nouv. édit., ornée de 24 vignettes. 1 vol. . . . . 3 fr.

FERRARI

La Chine et l'Europe. Leur histoire et leurs traditions comparées. 2e édit., 1 fort vol. . . . . 4 fr.

FERRAZ

Philosophie du devoir. (*Ouv. couronné par l'Acad. franç.*), 2e éd. 1 vol. 3 fr. 50

FEUGÈRE (LÉON)

Caractères et Portraits littéraires du XVIe siècle. 2 vol. . . . . . 7 fr.
Les Femmes poëtes du XVIe siècle etc. 3e édit. 1 vol. . . . . . 3 fr. 50

FLAMMARION

Récits de l'Infini. — *Lumen*, etc. 4ᵉ édit. 1 vol. . . . . 3 fr. 50
Sir Humphry Davy. *Les derniers jours d'un philosophe.* Ouv. traduit de l'anglais et annoté par C. Flammarion. 3ᵉ édit. 1 vol. . . . . 3 fr. 50
Dieu dans la nature. 10ᵉ édit. 1 fort vol. avec portrait. . . . . 4 fr.
La Pluralité des mondes habités, au point de vue de l'astronomie, de la physiologie et de la philosophie naturelle. 19ᵉ édit. 1 vol. fig. . . . . . . 3 fr. 50
Les Mondes imaginaires et les Mondes réels. Voyage astronom., pittor. et Revue critique des théories sur les habitants des astres. 11ᵉ édit. 1 v. Fig. 3 fr. 50

FOURNEL (VICTOR)

La Littérature indépendante et les Ecrivains oubliés. Essais de critique et d'érudition sur le xviiᵉ siècle. 1 vol. . . . . 3 fr. 50

FRANCK (AD.)

Philosophie et Religion. 2ᵉ édit. 1 vol. . . . . 3 fr. 50

GAILLARD (LÉOPOLD)

Les Étapes de l'Opinion, 1871-1872. 1 vol. . . . . 3 fr. 50

GALITZIN (LE PRINCE AUG.)

La Russie au XVIIIᵉ siècle. Mémoires inédits sur Pierre le Grand, Catherine Iʳᵉ et Pierre III. 2ᵉ édition. 1 vol. . . . . 3 fr. 50

GANDAR

Bossuet orateur. (*Ouv. couronné par l'Acad. franç.*) 2ᵉ édit. 1 vol. . 3 fr. 50
Choix de Sermons de la jeunesse de Bossuet. 2ᵉ édit. 1 vol., fac-s. 3 fr. 50

GARCIN (EUG.)

Les Français du Nord et du Midi. 2ᵉ édit. 1 vol. in-12. . . . . 3 fr.

GEFFROY

Gustave III et la Cour de France. (*Ouvrage couronné par l'Académie française.* 2ᵉ édit. 2 vol., ornés de portraits et fac-simile. . . . . 8 fr.

GERMOND DE LAVIGNE

Le Don Quichotte de F. Avellaneda. Trad. avec notes. 1 vol. . . . . . 3 fr.

GÉRUZEZ

Histoire de la Littérature française depuis ses origines jusqu'à la Révolution. (*Ouv. cour. par l'Académie française, 1ᵉʳ prix Gobert.*) 9ᵉ édit. 2 vol. . . . . 7 fr.

GIDEL

Les Français du XVIIᵉ siècle. 1 vol. . . . . 3 fr. 50

SAINT-MARC GIRARDIN

La Syrie en 1861. Condition des Chrétiens en Orient. 1 vol. . . . . . 3 fr.
Tableau de la littérature française au XVIᵉ siècle. 3ᵉ édit. 1 vol. . 3 fr. 50

GOBINEAU (Cᵗᵉ DE).

Les Religions et les Philosophies dans l'Asie centrale. 2ᵉ édit. 1 vol. 4 fr.

GONCOURT (E. ET J. DE)

Histoire de la société française pendant la Révolution et pendant le Directoire. Nouvelle édition. 2 vol. in-12. . . . . 7 fr.

GRIMAUD DE CAUX

L'Académie des Sciences pendant le siége de Paris. Septembre 1870, février 1871. 1 vol. . . . . 3 fr.

GRUN

Pensées des divers âges de la vie. Nouv. édit. 1 vol. . . . . 3 fr.

GUADET

Les Girondins. Leur vie privée et publique, leur proscription et leur mort. 2ᵉ édit. 2 vol. . . . . 7 fr.

EUGÉNIE DE GUÉRIN

Journal et Fragments, publiés par Trebutien. (*Ouvrage couronné par l'Académie française.*) 28ᵉ édition. 1 vol. . . . . 3 fr. 50
Lettres d'Eugénie de Guérin. 17ᵉ édit. 1 vol. . . . . 3 fr. 50
Étude sur Eugénie de Guérin par Aug. Nicolas. Broch. . . . . 50 c.

MAURICE DE GUÉRIN

Journal, Lettres et Fragments, publiés par Trebutien, avec une Étude par M. Sainte-Beuve. 13ᵉ édit. 1 vol. . . . . 3 fr. 50

GUIZOT

Histoire de la Révolution d'Angleterre, depuis l'avénement de Charles Ier jusqu'au rétablissement des Stuarts (1625-1660). 6 vol. en trois parties. . . . 21 fr.
Monk. Chute de la République, etc. Étude historique. 1 vol. . . . 3 fr. 50
Portraits politiques des hommes des divers partis : *Parlementaires, Cavaliers, Républicains, Niveleurs;* études historiques. 1 vol. . . . . 3 fr. 50
Sir Robert Peel. Étude d'hist. contemp. augm. de docum. inéd. 1 vol. 3 fr. 50
Essais sur l'Histoire de France, etc. Nouv. édit. 1 vol. . . . . . . 3 fr. 50
Histoire de la civilisation en Europe et en France, depuis la chute de l'Empire romain, etc. 12e édit. 5 vol. . . . . 17 fr. 50
Corneille et son temps. Étude littéraire suivie d'un *Essai sur Chapelain, Rotrou et Scarron*, etc. Nouv. édit. 1 vol. . . . . 3 fr. 50
Méditations et Études morales. Nouv. édit. 1 vol. . . . . 3 fr. 50
Études sur les Beaux-Arts en général. Nouv. édit. 1 vol. . . . . . 3 fr. 50
Discours académiques; *Discours prononcés au Concours général*, etc. 1 v. 3 fr. 50
Abailard et Héloïse. Essai historique par M. et Mme Guizot, suivi des *Lettres d'Abailard et d'Héloïse*, trad. par M. Oddoul. Nouv. édit. 1 vol. . . . . 3 fr. 50
Histoire de Washington, par M. C. de Witt, avec une Introduction par M. Guizot. Nouv. édit. 1 vol. avec carte. . . . . 3 fr. 50
Grégoire de Tours et Frédégaire. — Histoire des Francs et chronique, trad. Nouv. édit. revue et augmentée de la *Géographie de Grégoire de Tours et de Frédégaire*, par M. Alfred Jacobs. 2 vol. . . . . 7 fr.
Cet ouvrage est autorisé pour les Écoles publiques.
Shakspeare. Œuvres complètes. 8 vol. . . . . 28 fr.

GUIZOT (GUILLAUME)

Ménandre. Étude historique et littéraire sur la Comédie et la Société grecques. (*Ouvrage couronné par l'Académie française.*) 1 vol. avec portrait. . . . 3 fr. 50

A. HAYEM

Le Mariage. (*Mention honorable de l'Acad. des sciences morales.*) 1 v. 3 fr. 50

HAYEM (JULIEN)

Le Repos hebdomadaire. (*Ouv. cour. par l'Ac. des Sciences mor.*) 1 vol. 3 fr.

HÉRICAULT (CH. D')

Thermidor. *Paris et la Banlieue en 1794*. 2 vol. . . . . 6 fr.

HIPPEAU

L'Instruction publique aux États-Unis. 2e édit. 1 fort vol. . . . . 4 fr.
L'Instruction publique en Angleterre. 1 vol. . . . . 1 fr. 25
L'Instruction publique en Allemagne. 1 vol. . . . . 3 fr. 50

HOEFER (F.)

L'Homme devant ses œuvres. 1 vol. . . . . 3 fr. 50

HOMMAIRE DE HELL (Mme)

A travers le monde. — *La vie orientale*. — *La vie créole*. 1 vol. . . . 3 fr. 50
Les Steppes de la mer Caspienne. 2e édition. 1 volume . . . . 3 fr. 50

HOUSSAYE (ARSÈNE)

Les Charmettes. *J.-J. Rousseau et Madame de Warens*. Nouv. éd. 1 v. port. 3 fr. 50

HOUSSAYE (HENRY)

Histoire d'Apelles. Études sur l'art grec. 3e édit. 1 vol. . . . . 3 fr. 50

HUREL (ABBÉ)

L'Art religieux contemporain. Étude critique. 2e édition. 1 vol. . . . 3 fr. 50
Pécheurs et Pécheresses de l'Évangile. 1 vol. in-12. . . . . 2 fr.

J. JANIN

La Poésie et l'Éloquence à Rome au temps des Césars. Nouv. éd. 1 vol. . 3 fr. 50

JANOLIN (CH.)

L'Aïeul. Du but et des principales carrières de la vie. 1 vol. . . . . . . 3 fr.

JOHANET (H.)

Une Descente aux enfers. — Le golfe de Naples. Virgile et le Tasse. Avec une carte des enfers. 1 vol. 3 fr.

JOUBERT

Œuvres: *Pensées et correspondance* avec notice par P. de Raynal, et de jugements littéraires par Sainte-Beuve, Saint-Marc Girardin, de Sacy, Géruzez et Poitou. Nouv. édit. 2 vol. . . . . 7 fr.

JOULIN (D[r])

Les Causeries du Docteur. 2e édit. augmentée. 1 vol. . . . . 3 fr.

JULIEN (STANISLAS)

Yu-kiao-li. — *Les Deux cousines*, — roman chinois. 2 vol. . . . . 7 fr.
Les Deux jeunes Filles lettrées. Roman traduit du chinois. 2 vol. . . . 7 fr.

LAGRANGE (Mlle DE)

Laurette de Malboissière. Correspondance d'une jeune fille du temps de Louis XV. 1 vol. . . . . 3 fr. 50

LAGRANGE (LÉON)

Pierre Puget, peintre, sculpteur, etc. 2e édit. 1 vol. . . . . 3 fr. 50
Joseph Vernet et la Peinture au XVIIIe siècle. 2e édit. 1 vol. . . . . . . 3 fr. 50

LA MENNAIS

Correspondance de La Mennais, publ. par M. Forgues Nouv. édit. 2 v. 5 fr.

LA MORVONNAIS

La Thébaïde des Grèves. — *Reflets de Bretagne.* Nouv. édit. 1 vol. 3 fr. 50

LANNAU-ROLLAND

Michel-Ange et Vittoria Colonna. Étude suivie de la traduct. complète des poésies de Michel-Ange. Nouv. édit. 1 vol. . . . . 3 fr.

LA BORDERIE (ARTH. DE)

Les Bretons insulaires et les Anglo-saxons, du Ve au VIIe siècle. 1 vol. 3 fr.

LA PILORGERIE (J. DE)

Campagne et Bulletins de la grande armée d'Italie commandée par Charles VIII, d'après des documents rares ou inédits. 1 vol. . . . . 3 fr. 50

LAPRADE (VICTOR DE)

L'Éducation libérale. — L'Hygiène, la morale, les études. 1 vol. . . 3 fr. 50
Harmodius. Tragédie. 1 vol. . . . . 2 fr.
Pernette, poëme. 5e édit. 1 vol. 3 fr. 50
Le Sentiment de la nature av. le christian. et chez les mod. 2e éd. 2 vol. 7 fr.
Questions d'Art et de Morale. Nouv. édit. 1 vol. . . . . 3 fr. 50

LA TOUR (ANT. DE)

Espagne. Traditions, Mœurs et littérature. 1 volume . . . . 3 fr. 50

LE BLANT (ED.)

Manuel d'Épigraphie chrétienne, d'après les marbres de la Gaule. 1 vol. . 3 fr.

LEBRUN (PIERRE)

Œuvres poétiques et dramatiques. Nouv. édit. 4 vol. . . . . 14 fr.

LÉGER (LOUIS)

Le Monde slave. Voyages et littérature. 1 vol. . . . . 3 fr. 50

LEGOUVÉ

Théâtre complet, en vers. 1 vol. 3 fr. 50
Histoire morale des Femmes. 5e édition. 1 vol. . . . . 3 fr. 50
Édith de Falsen, etc. 7e édit. 1 vol. . . . . 3 fr.

LÉLUT

Physiologie de la pensée. Nouv. édit. 2 vol. in-12. . . . . 7 fr.

LEMOINE (ALBERT)

L'Ame et le Corps. Études de philosophie morale et naturelle. 1 vol. . 3 fr. 50
L'Aliéné devant la philosophie, la morale et la société. 2e édit. 1 vol. . . . 3 fr. 50

LE MONNIER (ABBÉ)

Rosa Ferrucci, sa vie et ses lettres, traduct. avec introduction. 1 vol. . 3 fr.

LENORMANT (CH.)

Essais sur l'Instruction publique, publiés par son fils. 1 vol. . . . 3 fr. 50

LENORMANT (FR.)

Turcs et Monténégrins. 1 vol. in-12. . . . . 3 fr. 50

LÉPINOIS (H. DE)

Le Gouvernement des papes et les révolutions. 2e édit. 1 vol . . . . 3 fr. 50

LESCŒUR (LE PÈRE)

La Science du Bonheur. 1 vol. . . . . 3 fr. 50

LESSING

Dramaturgie de Hambourg. Trad. de L. Crouslé et Suckau, avec une Étude par Alf. Mézières. 2e édit. 1 vol. . . . . 4 fr.

J. LEVALLOIS

Sainte-Beuve. 1 vol. . . . . 3 fr.
Etudes de philosophie littéraire. 1 vol. . . . . 3 fr.

LEVY (DANIEL)

L'Autriche-Hongrie. Ses institutions et ses nationalités. 1 vol. . . . . . 3 fr.

LITTRÉ

La Science au point de vue philosophique. 3ᵉ édit. 1 fort vol. . . . 4 fr.
Médecine et médecins. 2ᵉ édit. 1 vol. . . . . 4 fr.
Histoire de la langue française. 6ᵉ édit. 2 vol. . . . . 7 fr.
Études sur les Barbares et le moyen âge. 2ᵉ édit. 1 vol. . . . . 3 fr. 50

LIVET (CH. L.)

Précieux et Précieuses. Caractères du XVIIᵉ siècle. 2ᵉ édit. 1 vol. . . 3 fr. 50

LOISELEUR (J.)

Ravaillac et ses complices, etc. Questions historiques du XVIᵉ siècle. 1 v. 3 fr. 50

LOVE (J. H.)

Le Spiritualisme rationel à propos des moyens d'arriver à la connaissance, etc. 1 vol. . . . . 3 fr. 50

LUBOMIRSKI (PRINCE JOS.)

Scènes de la vie militaire en Russie. 1 vol. . . . . 3 fr

LUCAS

Le Procès du matérialisme. Étude philosophique. 1 vol. . . . . 3 fr.

MARGERIE (A. DE)

La Restauration de la France. 3ᵉ édition. 1 vol. . . . . 3 fr. 50
Philosophie contemporaine. — Cousin. — Ravaisson. — Les Matérialistes etc. 1 vol. . . . . 3 fr. 50

MARMIER (XAV.)

Souvenirs d'un voyageur. (*Amérique-Allemagne*). 1 vol. . . . . . 3 fr. 50

MARTIN (TH. HENRY)

Les Sciences et la Philosophie. Critique philos. et relig. 1 fort vol. 4 fr. »
Galilée. Les droits de la science, etc. 1 vol. . . . . 3 fr. 50
La Foudre, l'Électricité et le Magnétisme chez les anciens. 1 vol. 3 fr. 50

MARY *** (Dʳ)

Le Christianisme et le Libre Examen. Discussion critique des arguments apologétiques. 2ᵉ édition. 2 vol. 7 fr. »

MATTER

Le Mysticisme au temps de Fénelon. 2ᵉ édit. 1 vol. . . . . . . 3 fr. 50
Saint-Martin, le Philosophe inconnu, etc. 2ᵉ édition. 1 vol. . . . . . 3 fr. 50
Swedenborg, sa vie, sa doctrine, etc. 2ᵉ édition. 1 vol. . . . . 3 fr. 50

MATHIEU

Histoire des Convulsionnaires de St-Médard. 1 vol. . . . . 3 fr.

MAURY (ALFRED)

Les Académies d'autrefois. 2 vol. in-12.
— *L'ancienne Académie des sciences.* 2ᵉ édition. 1 vol. . . . . 3 fr. 50
— *L'ancienne Académie des inscriptions et belles-lettres.* 1 vol. . . . 3 fr. 50
Croyances et légendes de l'antiquité. 2ᵉ édition. 1 vol. . . . . . 3 fr. 50
La Magie et l'Astrologie dans l'antiquité et au moyen âge. 3ᵉ éd. 1 vol. . 3 fr. 50
Le Sommeil et les Rêves. 3ᵉ édit. revue et augm. 1 vol. . . . . . . 3 fr. 50

MAZADE (CH. DE)

Lamartine, sa vie politique et littéraire. 1 vol. . . . . 3 fr. »
Les Révolutions de l'Espagne contemporaine. 1 vol. . . . . . . 3 fr. 50

MEAUX (VICOMTE DE)

La Révolution et l'Empire, 1789-1815. 2ᵉ édit. 1 vol. in-12. . . . . 3 fr. 50

MENARD

La Sculpture ancienne et moderne. (*Ouvr. cour. par l'Acad. des Beaux-Arts.* 2ᵉ édition. 1 volume. . . . . 3 fr. 50
Tableau historique des Beaux-Arts, depuis la Renaissance. (*Ouvr. cour. par l'Acad. des Beaux-Arts.*) 2ᵉ édition. 1 vol. . . . . 3 fr. 50
Hermès Trismégiste, traduction et étude. 2ᵉ édition. 1 vol. . . . . 3 fr. 50

MENNESSIER-NODIER (Mᵐᵉ)

Charles Nodier. Épisodes et souvenirs de sa vie. 1 vol . . . . 3 fr.

MERCIER DE LACOMBE (CH.)

Henri IV et sa politique (*Ouvrage couronné par l'Académie française,* 2ᵉ *prix Gobert.*) Nouv. édit. 1 vol. . . . . 3 fr. 50

MERLET (G.)

Portraits d'hier et d'aujourd'hui. 4 séries. — 1ᵉ *Réalistes et Fantaisistes.* 1 vol. — 2ᵉ *Attiques et Humoristes.* 1 vol. — 3ᵉ *Femmes et livres.* 1 vol. — 4ᵉ *Hommes et livres.* 1 vol. — 4 vol. à . . . . 3 fr

MÉZIÈRES

Récits de l'Invasion. *Alsace et Lorraine.* 1 vol. . . . . 2 fr. 50
La Société française. — Études morales sur le temps présent. . . . . 1 fr. 25
Pétrarque. Étude d'après de nouveaux documents. (*Ouvrage couronné par l'Académie française.*) 2ᵉ édit. 1 vol. . . . . 3 fr. 50

MICHAUD (L'ABBÉ)

Guillaume de Champeaux et les écoles de Paris au XIIᵉ siècle. 2ᵉ éd. 1 vol. 3 fr. 50
L'Esprit et la Lettre dans la piété et la foi. 2 vol. . . . . 6 fr

MIGNET

Éloges historiques, faisant suite aux *Portraits et Notices.* 1 vol. . . 3 fr. 50
Charles-Quint, SON ABDICATION, SON SÉJOUR ET SA MORT AU MONASTÈRE DE YUSTE. 7ᵉ édit. 1 vol. . . . . 3 fr. 50
Histoire de la Révolution française depuis 1789 jusqu'à 1814. 10ᵉ édit. 2 vol. in-12. . . . . 7 fr. »

MOLAND (LOUIS)

Les Méprises. Comédies de la Renaissance racontées. 1 vol. . . . . . 3 fr. 50
Molière et la Comédie italienne. 2ᵉ édition. 1 joli vol. illustré de 20 types du théâtre italien. . . . . 4 fr. »
Origines littéraires de la France. 2ᵉ édit. 1 vol. . . . . 3 fr. 50

MONTALEMBERT

De l'Avenir politique de l'Angleterre. 6ᵉ édit. augmentée. 1 vol. . . 3 fr. 50

MOREAU DE JONNÈS

L'Océan des anciens et les **Peuples préhistoriques.** 1 vol. . . . . 3 fr. 50

MOUY (CH. DE)

Don Carlos et Philippe II (*ouv. cour. par l'Acad. franç.*). 1 vol. . . . 3 fr. 50

MAX MULLER

Essais sur la mythologie comparée, etc. 2ᵉ édition. 1 vol. . . . . . 4 fr.
Essais sur l'Histoire des religions. 2ᵉ édition. 1 vol. . . . . 4 fr.

NIGHTINGALE (MISS)

Des Soins à donner aux malades, etc. Trad. de l'anglais avec une lettre de M. GUIZOT et une Introduction par le Dʳ DAREMBERG. 1 vol. . . . . 3 fr.

NOURRISSON (F.)

L'ancienne France et la Révolution. 1 vol. . . . . 3 fr. 50
Tableau des progrès de la pensée humaine depuis Thalès jusqu'à Hegel. 4ᵉ édit. augm. 1 vol. . . . . 4 fr.
Philosophie de saint Augustin (*ouv. cour. par l'Institut*). 2ᵉ édit. 2 vol. 7 fr.
La Politique de Bossuet. 1 vol. . . . . 3 fr.
Spinosa et le Naturalisme contemporain. 1 vol. . . . . 3 fr.
Portraits et Études. Histoire et Philosophie. Nouv. édit. 1 vol. . . . . 3 fr.

D'ORTIGUE (J.)

La Musique à l'église. Philosophie, littérat., critique musicale. 1 vol. . 3 fr. 50

PELLISSIER

Précis d'histoire de la Langue française depuis son origine jusqu'à nos jours. 2ᵉ édit. revue et augmentée de *textes anciens.* 1 vol. . . . . . . 3 fr

PENQUER (Mᵐᵉ)

Les Chants du foyer. Poésies. 2ᵉ édition. 1 vol. . . . . 3 fr. 50
Révélations poétiques. 2ᵉ édit. 1 vol. . . . . 3 fr. 50

PEZZANI (A.)

La Pluralité des existences de l'âme conforme à la doctrine de la Pluralité des Mondes ; opinions des philosophes anciens et modernes. 6ᵉ éd. 1 vol. . . 3 fr. 50
Philosophie nouvelle. 1 vol. . . . . 2 fr

PIERRON (ALEXIS)

Voltaire et ses Maîtres. Épisode de l'histoire des humanités en France. 1 vol. 3 fr.

PLUTARQUE

Œuvres morales. Traduction de RICARD. 5 vol. . . . . 17 fr. 50

POIRSON (AUG.)

Histoire du règne de Henri IV. Nouv. édit. 4 vol. . . . . 16 fr.

PRELLER

Les Dieux de l'ancienne Rome.— Mythologie romaine, traduction par L. DIETZ, avec préface de M. ALF. MAURY. 2ᵉ édition. 1 fort vol. . . . . . . 4 fr.

PRIVAT

Les Idoles du jour. Roman moral. 1 vol. . . . . 2 fr.

PUYMAIGRE (TH. DE)

Chants populaires recueillis dans le pays messin, et annotés. 1 fort vol.. 4 fr.

RAMBAUD

Les Français sur le Rhin, 1792-1804. La domination française en Allemagne. 1 vol. . . . . 3 fr. 50

RANGABÉ

Le prince de Morée. Traduction autorisée. 1 vol. . . . . 3 fr

RAYNAUD (M.)

Les Médecins au temps de Molière. — Mœurs. — Institutions. — Doctrines Nouv. édition. 1 vol. . . . . 3 fr. 50

RÉAUME.

Les Prosateurs français du XVIᵉ siècle. 2ᵉ édit. 1 vol. . . . . 4 fr.

RÉMUSAT (CH. DE)

Saint Anselme de Cantorbéry. 2ᵉ édition. 1 volume.. . . . . 3 fr. 50
Bacon. Sa vie, son temps et sa philosophie. 1 vol. . . . . 3 fr. 50
L'Angleterre au XVIIIᵉ siècle. Études et Portraits. 2 vol. . . . 7 fr. »
Critiques et Études littéraires. Nouv. édition. 2 vol.. . . . . 7 fr. »

* * *

Channing. Sa vie et ses œuvres, préface de M. DE RÉMUSAT. 1 vol. . . . 3 fr. 50
La Vie de village en Angleterre, ou Souvenirs d'un exilé. 1 v. . . . 3 fr. 50

RENDU (AMB.)

Souvenirs de la Mobile. Campagne de Paris. 1 vol. . . . . 2 fr. 50

REYNALD (H.)

Mirabeau et la Constituante. (*Ouvr. cour. par l'Acad. franç.*) 1 vol. 3 fr. 50

RONDELET (ANT.)

La Morale de la Richesse. 1 vol. . . . . 3 fr. 50
Du Spiritualisme en économie politique. (*Ouvrage couronné par l'Académie des sciences morales.*) 2ᵉ édit. 1 vol. . . . . 3 fr. 50

ROUSSET (C.)

La Grande Armée de 1813. 1 vol. . . . . 3 fr. 50
Les Volontaires. 1791-1794. 3ᵉ édit. 1 vol. . . . . 3 fr. 50
Le Comte de Gisors. Étude historique. 2ᵉ édition. 1 vol. . . . . 3 fr. 50
Histoire de Louvois et de son administration, etc. (*Ouvrage couronné par l'Académie française, 1ᵉʳ prix Gobert.*) Nouvelle édition. 4 vol. in-12. . 14 fr.

SACY (S. DE)

Variétés littéraires, morales et historiques. Nouv. édit. 2 vol. . . . . . 7 fr.

SAINTE-AULAIRE (Mᵐᵉ DE)

La Chanson d'Antioche, composée par RICHARD LE PÈLERIN, trad. 1 vol. 3 fr.

SAINT-HILAIRE (BARTH.)

Le Bouddha et sa religion. 3ᵉ édit. revue et corrigée. 1 vol. . . . . 3 fr. 50
Mahomet et le Coran. 2ᵉ édit. 1 vol. . . . . 3 fr. 50

SAISSET

Descartes, ses Précurseurs, ses Disciples. 2ᵉ édition. 1 vol. . . . 3 fr. 50
Le Scepticisme. Ænésidème, Pascal, Kant, etc. 2ᵉ édit. 1 vol. . . . 3 fr. 50

SALVANDY

Don Alonso, ou l'Espagne. Histoire contemporaine. Nouv. édit. 2 vol. . . . 7 fr.

SCHILLER

Œuvres dramatiques complètes. Traduction de M. de Barante, revue par M. de Suckau. 3 vol. in-12.. . . . . 10 fr. 50

SCHNITZLER

La Russie en 1812.—*Rostoptchine et Kutusof.* Nouv. édit. 1 vol.. . . . . 3 fr.

SÉGUR

Histoire universelle. Ouv. adopté par l'Université. 8ᵉ édit. 6 vol. in-12. 18 fr.
— **Histoire ancienne.** Nouv. édit. 2 vol. . . . . 6 fr.
— **Histoire romaine.** Nouv. édit. 2 vol. . . . . 6 fr.
— **Histoire du Bas-Empire.** Nouv. édit. 2 vol. . . . . 6 fr.

SELDEN (CAMILLE)

L'Esprit moderne en Allemagne. 1 vol. . . . . 3 fr.

SHAKSPEARE

Œuvres complètes. Traduction de M. GUIZOT. 8 vol. in-12 . . . . 28 fr.

SAINT-RENÉ TAILLANDIER

Bohême et Hongrie. Tchèques et Magyars, etc., 2ᵉ édit. 1 vol. . . . . 3 fr. 50
Drames et romans de la vie littéraire. 1 vol. . . . . 3 fr.

ALEX. SOREL

Le Couvent des Carmes et le Séminaire Saint-Sulpice pendant la Terreur, 2ᵉ édit. 1 vol. avec figures. . . . . 3 fr. 50

THIERRY (AMÉDÉE)

Histoire des Gaulois depuis les temps les plus reculés jusqu'à l'entière domination romaine. Nouv. édit. 2 vol.. 7 fr.
Histoire de la Gaule sous la domination romaine, jusqu'à la mort de Théodose. 5ᵉ édit. 2 vol. . . . . 7 fr.
Histoire d'Attila et de ses successeurs en Europe. 4ᵉ éd. 2 v. (*Sous presse*).
Tableau de l'Empire romain, depuis la fondation de Rome, etc. Nouv. édit. 1 vol.. . . . . 3 fr. 50
Récits de l'Histoire romaine au Vᵉ siècle. Derniers temps de l'empire d'Occident. Nouv. édit. 1 vol. . . . . 3 fr. 50

THURET (Mᵐᵉ)

Le comte d'Elcairet. 1 vol. . . . . 3 fr.

TOPIN (MARIUS)

L'Europe et les Bourbons sous Louis XIV. (*Ouvrage couronné par l'Académie française : Prix Thiers.*) — 2ᵉ édit. 1 vol. . . . . 3 fr. 50
L'Homme au masque de fer. (*Ouvrage couronné par l'Académie française.*) 4ᵉ édit. 1 vol. . . . . 3 fr. 50

VALBEZEN (E. D.)

La Veuve de l'Hetman. 1 vol. . . . . 3 fr.

VALROGER (H. DE)

La Genèse des Espèces. Études phil. et relig. sur les naturalistes. 1 v. 3 fr. 50

VILLEMAIN

La République de Cicéron, traduite et accompagnée d'une Introduction et de Suppléments historiques. 1 vol. . . . . 3 fr. 50
Choix d'Études SUR LA LITTÉRATURE CONTEMPORAINE : *Rapports académiques. Études sur Chateaubriand, A. de Broglie, Nettement*, etc. 1 vol. . . . . 3 fr. 50
Cours de Littérature française, comprenant : le *Tableau de la Littérature au XVIIIᵉ siècle* et le *Tableau de la Littérature au moyen âge.* Nouvelle édition. 6 vol. in-12. . . . . 21 fr.
Tableau de l'éloquence chrétienne au IVᵉ siècle, etc. Nouv. éd. 1 vol. 3 fr. 50
Discours et Mélanges littéraires : *Éloges de Montaigne et de Montesquieu.— Rapports et Discours académiques.* Nouv. édit. 1 vol. . . . . 3 fr. 50
Études de Littérature ancienne et étrangère : Nouv. édit. 1 vol. 3 fr. 50
Études d'Histoire moderne. Nouv. édit. 1 vol. . . . . 3 fr. 50
Souvenirs contemporains d'Histoire et de Littérature. 2 vol. in-12. . 7 fr. »
— Première partie : **M. de Narbonne,** etc. Nouv. édit. 1 vol.. . . . . . 3 fr. 50
— Deuxième partie : **Les Cent-Jours.** Nouv. édit. 1 vol. . . . . 3 fr. 50

VILLEMARQUÉ (H. DE LA)

Barzaz Breiz. Chants populaires de la Bretagne, recueillis et annotés 7ᵉ édit. (*Ouvr. couronné par l'Académie française.*) 1 vol. avec musique. 4 fr.
Le Grand Mystère de Jésus, drame breton du moyen âge, avec une Étude sur le théâtre celtique. 2ᵉ édit. 1 vol. . . . . 3 fr. 50
La Légende celtique et la Poésie des Cloîtres bretons. Nouv. édit. 1 vol. 3 fr. 50
L'Enchanteur Merlin (Myrdhinn). Son histoire, ses œuvres, son influence. Nouv. édit. 1 vol. . . . . 3 fr. 50

WIDAL (A.)

Juvénal et ses Satires. Études littéraire et morale. 2ᵉ édit. 1 vol.. . 3 fr. 50

WADDINGTON (CH.)

Dieu et la Conscience. 2ᵉ édit. 1 vol. in-12. . . . . 3 fr. 50

WITT (C. DE)

Études sur l'histoire des États-Unis d'Amérique. 2 vol. in-12. . . 7 fr.

— **Histoire de Washington** *et de la fondation de la République des États-Unis*, avec une Etude par M. GUIZOT. Nouv. édit. 1 vol. avec carte. . . . . . 3 fr. 50

— **Thomas Jefferson.** *Étude sur la démocratie américaine.* Nouvelle édition. 1 vol. in-12. . . . . 3 fr. 50

WOGAN (Bon DE)

Du Far West à Bornéo. 1 vol.. . . . . 3 fr.

ZELLER

Les Empereurs romains. Caractères et portraits historiques. 3ᵉ édition. 1 vol. in-12.. . . . . 3 fr. 50

Entretiens sur l'histoire. — Antiquité et moyen-âge. (*Ouvrage couronné par l'Académie française.*) 2 vol. . . . . 7 fr.

Entretiens sur l'histoire. — Italie et Renaissance. 1 fort vol.. . . . . 4 fr.

H. BAILLIÈRE

Henri Regnault (1843-1871). 1 vol. in-16 Elzév. avec un dessin à la plume. 2 fr. 50

***

Précis historique des révolutions qui se sont succédé en France depuis 1789, jusqu'à la chute du second Empire, par un ancien avocat. 1 v. in-12. 2 fr.

COLLECTION POUR LES BIBLIOTHÈQUES POPULAIRES

à 1 fr. 25 et 1 fr. 50 le volume

Sully, par LEGOUVÉ. 1 vol.
Vie de Copernic, par C. FLAMMARION. 1 vol.
La Réforme électorale en France, par ERN. NAVILLE. 1 vol.
Les grandes Figures nationales et les héros du peuple, par PRESEAU. 2 vol.
La Centralisation et ses effets, par ODILON BARROT. 1 vol.
L'Organisation judiciaire en France, par ODILON BARROT 1 vol..
Vie de Franklin, par MIGNET. 1 vol. in-12.
Histoire de Jeanne d'Arc, par M. DE BARANTE. 1 vol. in-12.
Shakspeare et son temps, par GUIZOT. 1 vol. in-12.
Le Cardinal de Retz, par MARIUS TOPIN. 1 vol.
Le Cardinal de Bérulle, par NOURRISSON. 1 vol. in-12.
La Souveraineté nationale, par NOURRISSON. 1 vol.
L'Instruction publique en Angleterre, par HIPPEAU. 1 vol.
Les Théories de l'Internationale, par G. GUÉROULT. 1 vol.
La Société française, par MÉZIÈRES. 1 vol. in-12.
Mémoires d'Antoine, par RONDELET. Edition réduite. 1 vol.
L'Éducation homicide, par V. DE LAPRADE. 1 vol. in-12.
Le Baccalauréat et les études classiques, par V. DE LAPRADE. 1 vol. in-12
Les idées subversives de notre temps, par CH. LOUANDRE. 1 vol.

Sous presse : **L'Hospital,** par VILLEMAIN.

Tableau du Monde physique. Excursions à travers la science, par N. JACQUINET. Nouvelle édition revue. 1 vol. in-12. . . . . 2 fr.

BIBLIOTHÈQUE DES DAMES ET DES DEMOISELLES

Format in-12

(Cette collection se trouve également reliée tr. dorée, rouge ou bleue. Ajouter 2 fr. pour la reliure.)

Mme CRAVEN

Récit d'une sœur, souvenirs de famille. (*Ouv. cour. par l'acad. franç*). 2 vol. . . . . 8 fr.

Anne Séverin. 1 vol. . . . . . 4 fr.

Adelaïde Capece Minutolo. 1 v. 2 fr.

Fleurange. (*Ouv. cour. par l'Acad. française*. 2 vol. . . . . 6 fr.

Mme SWETCHINE

Sa Vie et ses œuvres, publiées par M. DE FALLOUX. 2 vol. avec port. 8 fr.

MAURICE ET EUGÉNIE DE GUÉRIN

Journal, lettres et poëmes. 3 vol. à . . . . 3 fr. 50

ROSA FERRUCCI

Sa vie et ses lettres, trad. avec une étude par M. l'abbé LEMONNIER. 2e éd. 1 vol. . . . . 3 fr.

Mme D'ARMAILLÉ

Marie-Thérèse et Marie-Antoinette. 2e édition. 1 vol. . . . . . . 3 fr.

Catherine de Bourbon. 1 vol. 3 fr.

La reine Marie Leckzinska. 1 v. 2 f.

Mme MARIE JENNA

Enfants et Mères, poésies. 1 v. 3 fr.

Mlle CL. BADER

La Femme biblique. Sa vie morale, sociale, etc. 2e édit 1 vol. 3 fr. 50

Mme N. GUILLON

L'Entrée dans le monde, simples récits. 2e édit. 1 vol. . . . . 3 fr.

Cinq années de la vie des jeunes filles. 1 vol. . . . . 3 fr.

Projets de jeunes filles. Claire Duquenois, etc. 1 vol. . . . . . 3 fr.

ANT. RONDELET

Le Lendemain du mariage. 2e édit. 1 vol. . . . . 3 fr.

Le Danger de plaire, etc. Nouvelles destinées aux jeunes filles. 1 v. 3 fr.

L'Education de la 20e année. Lettres de ma cousine Nathalie. 1 vol. 3 fr.

MASSON (MICHEL)

Les historiettes du père Broussailles. 1 vol. . . . . 3 fr.

Les Gardiennes. 1 vol. . . . 3 fr.

Lectures en famille. Scènes du foyer domestique. 1 vol. . . . . 3 fr.

Mlle ROGRON

Le Choix de Suzanne. 1 vol. 3 fr.

Mlle BENOIT

Françoise, la vocation d'une chrétienne. 1 vol . . . . . 3 fr.

Mme FERTIAULT

L'Éducation du cœur. Causeries et conseils d'une mère. 1 vol. . 3 fr.

F. FERTIAULT

Les féeries du travail. Conférences sur les travaux de dames. 1 vol. 3 fr.

Mme GAGNE MOREAU

Mémoires d'une Sœur de charité. 1 vol. . . . . 3 fr.

Mme GABRIELLE D'ÉTHAMPES

Isabelle aux blanches mains. Chronique bretonne. 1 vol. . . . . 3 fr.

Mlle AUG. COUPEY

L'Orpheline du 41e. 1 vol. . . 3 fr.

Mlle GUERRIER DE HAUPT

Marthe. (*Ouv. cour. par l'Académie française*). 1 vol. . . . . . . 3 fr.

Forts par la foi. 1 vol. . . . 3 fr.

Mme LENORMANT

Quatre Femmes au temps de la révolution. (*Ouv. couronné par l'Académie franç*). 2e édit. 1 vol. 3 fr.

EUG. MULLER

Récits champêtres (*Couronné par l'Académie franç.*). 1 vol. . . 3 fr.

HIPP. AUDEVAL

Paris et province; deux histoires de notre temps. 1 vol. . . . . 3 fr.

MILA (Ctesse DE)

Linda. 1 vol. . . . . 3 fr.

Mme THURET

Belle mère et belle fille. 2e édition. 1 vol. . . . . 3 fr

Mlle THÉRÈSE ALPH. KARR

La fille du Cordier. Histoire Irlandaise, trad. de GRIFFIN. 1 vol. 3 fr.

J. DE CHAMBRIER

Marie-Antoinette, reine de France. 2e édit. 2 vol. . . . . 7 fr.

Mme DE WITT

Charlotte de la Trémoille, comtesse de Derby. 1 vol. . . . . . . 3 fr. 50

E. JONVEAUX

Le sacrifice de Paul Wynter, imité de mistr. DUFFUS HARDY. 1 vol. 3 fr.

Mme MARIE SEBRAN

Rousou. Histoire du village. 1 v. 3 fr.

Journal d'une mère pendant le siége de Paris. 1 vol. . . . 3 fr.

Mme KRAFFT BUCAILLE

Le secret d'un dévouement. 1 v. 3 fr.

AUG. DE BARTHÉLEMY

Pierre le Peillarot (1789-1795). 1 vol. . . . . 3 fr.

Mme TASTU

Lettres choisies de Madame Sévigné. avec notes et son éloge. (*Couronné par l'Acad. franç.* 1 v. 3 fr.

BIBLIOTHÈQUE D'ÉDUCATION MORALE

Première série à 3 fr. le vol. broché, 4 fr. 50 relié

Mme LA PRINCESSE DE BROGLIE

Les Vertus chrétiennes. — Les Vertus théologales et les Commandements de Dieu. Ouvrage approuvé par Mgr l'Archevêque de Paris. 2 vol. in-12, illustrés de lithographies et de vignettes.

Mme DE WITT, NÉE GUIZOT

Le Cercle de famille. 1 vol. in-12. Orné de gravures.
Les Petits Enfants, contes. 1 vol. in-12, orné de lithographies et de vignettes.
Contes d'une Mère à ses Enfants. 1 vol. in-12, orné de lithographies et v.
Une Famille à la campagne. 1 vol. in-12, orné de lithographies et v.
Une Famille à Paris. 1 vol. in-12, orné de lithographies et vignettes.
Promenades d'une Mère, ou les douze Mois. 1 vol. in-12, orné de lithographies et de vignettes.
Hélène et ses Amies, histoire pour les jeunes filles, traduit de l'anglais. 1 vol. in-12, orné de lithographies.
Scènes d'histoire et de famille. (*Ouv. couronné par l'Acad. franç.*) 1 vol. in-12.

DE GERANDO ET Bte DELESSERT

Les Bons exemples, nouvelle morale en action. — *Charité et Dévouement.* 1 vol. in-12, illustré de jolies vignettes de J. David.
—— 2e série : *Courage et Humanité.* 1 vol. in-12, illustré de jolies vignettes de J. David.

MICHEL MASSON

Les Enfants célèbres, histoire des enfants qui se sont immortalisés par le malheur, la piété, le courage, le génie, etc. Nouvelle édition. 1 vol. in-12, orné de lithographies et vignettes.

Deuxième série à 2 fr. le vol. broché, 3 fr. 50 relié

Mme GUIZOT

L'Écolier, ou Raoul et Victor. (*Ouvrage couronné par l'Académie française.* 12e édition. 2 vol. in-12, 8 vignettes.
Une Famille, par Mme Guizot, ouvrage continué par Mme A. Tastu. 7e édition. 2 vol. in-12, 8 vignettes.
Les Enfants. Contes pour la jeunesse. 10e édition. 2 vol. in-12, 8 vignettes.
Nouveaux Contes pour la jeunesse. 9e édition. 2 vol. in-12, 8 vignettes.
Récréations morales. Contes. 10e édit. 1 vol. in-12, 4 vign.
Lettres de Famille sur l'éducation. (*Ouvrage couronné par l'Académie française.* 5e édition. 2 vol. in-12. . . . . 6 fr

Mme F. RICHOMME

Julien et Alphonse, ou le Nouveau Mentor. (*Ouvrage couronné par l'Académie française.*) 1 vol. in-12, 6 lithographies.

ERNEST FOUINET

Souvenirs de Voyage en Suisse, en Grèce, en Espagne, etc., ou Récits du capitaine Kernoel, destinés à la jeunesse. 1 vol. in-12 avec 6 lithographies.

Mme L. BERNARD

Les Mythologies racontées à la jeunesse. 5e édition. 1 vol. in-12, orné de gravures d'après l'antique.

Mlle C. DELEYRE

Contes pour les enfants de 5 à 7 ans. Nouv. édit. revue par Mme F. Richomme. 1 vol. in-12, avec jolies lithographies.
Contes pour les enfants de 7 à 10 ans. Nouv. édit. revue par Mme F. Richomme. 1 vol. in-12, avec jolies lithographies.

BERQUIN

L'Ami des Enfants. Édition complète. 2 vol. in-12. 32 figures.

Mlle ULLIAC-TRÉMADEURE

Les Jeunes Naturalistes. Entretiens familiers sur les *animaux*, les *végétaux* et les *minéraux*. 5e édition. 2 vol. in-12, ornés de 32 vignettes.

Claude, ou le GAGNE-PETIT. (*Ouv. cour. par l'Acad. fr.*) 2e édit. 1 v. in-12. 4 vign.

Étienne et Valentin, ou MENSONGE ET PROBITÉ. (*Ouvrage couronné.*) 3e édition. 1 vol. in-12. 4 vignettes.

Les Jeunes Artistes. Contes sur les beaux-arts. Nouv. édit. 1 vol. in-12. 4 vig.

Contes aux jeunes Naturalistes sur les animaux domestiques. 5e édition. 1 vol. in-12. 4 vignettes.

Émilie, ou la jeune Fille auteur. 1 vol. in-12. 4 vignettes.

Mme A. TASTU

Les Récits du Maître d'école imités de CÉSAR CANTU. 1 vol. in-12. 4 vignettes.

Les Enfants de la vallée d'Andlau, notions familières sur la religion, les merveilles de la nature, etc., par Mmes VOÏART et A. TASTU. 2 vol. in-12. 8 vignettes.

Lectures pour les Jeunes Filles. Modèles de littérature en *prose* et en *vers*, extraits des Ecrivains modernes. 2 vol. in-12, 8 portraits.

Album poétique des jeunes Personnes, ou CHOIX DE POÉSIES, extrait des meilleurs auteurs. 1 vol. in-12, 4 portraits.

Mme DELAFAYE-BRÉHIER

Les Petits Béarnais. Leçons de morale. 12e édition. 2 vol. in-12. 8 vignettes.

Les Enfants de la Providence, ou AVENTURES DE TROIS ORPHELINS. 6e édition, revue par Mme F. RICHOMME. 2 vol. in-12. 8 vignettes.

Le Collége incendié, ou les ECOLIERS EN VOYAGE. 6e édit. 1 vol. in-12. 4 vign.

Mme ÉL. MOREAU-GAGNE

Voyages et aventures d'un jeune Missionnaire en Océanie, etc. 1 vol. in-12. 4 lithographies.

FERTIAULT

Les Voix amies. Enfance, jeunesse, raison. Poésies. 1 vol. in-12.

BUFFON

Le Petit Buffon illustré. Histoire naturelle des *Quadrupèdes*, des *Oiseaux*, des *Insectes* et des *Poissons*; extraite de BUFFON, LACÉPÈDE, OLIVIER, etc., par le bibliophile JACOB. 4 vol. gr. in-32, ornés de 325 figures gravées sur acier. 6 fr.

— LE MÊME, avec les 325 figures coloriées avec soin. . . . . 10 fr.

BERQUIN

Œuvres complètes de Berquin, renfermant *l'Ami des Enfants et des Adolescents, le Livre de famille, Sandford et Merton*, etc. 4 vol. in-8, format anglais, illustrés de 200 vignettes. . . . . 10 fr.

Mme TASTU

Le premier Livre de l'Enfance. LECTURE ET ÉCRITURE. Extrait de *l'Education maternelle*. 1 vol. de 80 pages, grand in-8, illustré de 100 vignettes, cartonné. . . . . 2 fr.

MICHEL MASSON

Les Enfants célèbres. Histoire des enfants qui se sont immortalisés par le malheur, la piété, le courage, le génie et les talents. Nouvelle édition. 1 beau vol. grand in-8, illustré de très-jolies lithographies et de vignettes sur bois. 8 fr.

Mme GUIZOT

L'Amie des Enfants. PETIT COURS DE MORALE EN ACTION, comprenant tous les Contes de Mme GUIZOT. Nouvelle édition, enrichie de *Moralités* en vers, par Mme ELISE MOREAU. 1 fort vol. grand in-8, illustré de belles gravures. . . 8 fr.

L'Écolier, ou RAOUL ET VICTOR. (*Ouvrage couronné par l'Académie française*.) Nouvelle édition. 1 joli vol. grand in-8, illustré de belles lithographies.. 8 fr.

ÉDUCATION MATERNELLE

Par Mme Tastu. *Simples leçons d'une mère à ses enfants*, sur la lecture, l'écriture, l'arithmétique, la grammaire, la mémoire, la géographie, l'histoire sainte, etc. Nouvelle édition, imprimée avec luxe, illustrée de 500 jolies vignett. et cart. coloriées. 1 vol. gr. in-8, papier jésus glacé. . . . . 14 fr.

PERNETTE

PAR V. DE LAPRADE, DE L'ACADÉMIE FRANÇAISE

Édition illustrée de 27 beaux dessins de J. Didier, gravés sur bois.
1 beau vol. grand in-8, papier vélin, glacé 9 fr.

CONTES ALLEMANDS DU TEMPS PASSÉ

Extraits des recueils des frères Grimm, de Simrock, de Bechstein, de Musæus, de Tieck, Hofmann, etc., etc., avec la légende de Loreley, traduits par Félix Frank et E. Alsleben, avec une préface de M. Laboulaye, de l'Institut. 1 beau vol. gr. in-8, illustré de 25 vignettes de Gostiaux. . . . . 8 fr.

PITRE-CHEVALIER

La Bretagne ancienne depuis son origine jusqu'à sa réunion à la France. Nouvelle édition. 1 beau vol. grand in-8, illustré par MM. A. Leleux, Penguilly et T. Johannot, de plus de 200 belles vignettes sur bois, gravures sur acier, types et cartes coloriés. (*Épuisé.*)

La Bretagne moderne depuis sa réunion à la France jusqu'à nos jours. *Histoire des États et des Parlements, de la Révolution dans l'Ouest, des guerres de la Vendée*, etc., illustrée par MM. Leleux, Penguilly et T. Johannot. 1 beau vol. grand in-8, orné de plus de 200 vignettes sur bois, gravures sur acier, types et cartes coloriés. . . . . 15 fr.

HERBIER DES DEMOISELLES

Traité de la Botanique présentée sous une forme nouvelle et spéciale, contenant la description des plantes et les classifications, l'exposé des plantes les plus utiles; leur usage dans les arts et l'économie domestique et les souvenirs historiques qui y sont attachés; les règles pour herboriser; la disposition d'un herbier; etc., etc., par Ed. Audouit, édit. revue par le Dr Hoefer. 1 v. in-8, *illustré* de 335 jolies vignettes coloriées. . . . . 10 fr.

— Le même ouvrage. 1 vol. in-12, avec les grav. noires. . . . . 5 fr.
— — — — grav. coloriées. . . . . . . 7 fr. 50

ATLAS DE L'HERBIER DES DEMOISELLES

Dessiné par Belaife, gravé et colorié avec soin. Joli album in-4. . . . . . 16 fr.
— Le même, avec les gravures noires. . . . . 10 fr.

La Suisse illustrée. Description et histoire de ses vingt-deux cantons, par MM. de Chateauvieux, Dubochet, Franscini, Monnard, Meyer de Knonau, H. Zschokke, etc.; *illustrée* de 32 jolies vues gravées sur acier et carte. 1 v. gr. in-8 jésus. Nouvelle edit.. . . . . 10 fr.

— Le même ouvrage, en 2 vol. grand in-8, *illustrés* de 90 jolies vues gravées sur acier, costumes coloriés et cartes. . . . . 20 fr.

Les villes de Thuringe, Weimar, Erfurt, Iéna, Gotha, Cobourg, Eisenach, etc. Excursion pittoresque et historique dans l'Allemagne centrale, par Ed. Humbert, professeur. 1 vol. gr. in-8, illustré de nombreuses gravures sur bois. . 10 fr.

Le Jeu de Paume. Son histoire et sa description. Notice par Ed. Fournier, suivie d'*un traité de la Courte Paume* et *de la Longue Paume*, etc., etc. 1 vol. in-4, pap. de Hollande, avec 16 pl. photographiées. Cart. à l'anglaise. . 15 fr.

OUVRAGES DE NAPOLÉON LANDAIS

Grand Dictionnaire général des Dictionnaires français, résumé de tous les dictionnaires, par N. LANDAIS, 14e édition, revue et augmentée d'un *Complément* de 1,200 pages. 3 vol. réunis en 2 vol. grand in-4 de 3,000 pages. . . . . 36 fr.

Ce dictionnaire contient la nomenclature exacte des mots *usuels* et *académiques, archaïques et néologiques, artistiques, géographiques, historiques, industriels, scientifiques*, etc., *la conjugaison de tous les verbes irréguliers, la prononciation figurée des mots, les étymologies savantes, la solution de toutes les questions grammaticales*, etc.

Complément du Grand Dictionnaire de Napoléon Landais, pour les onze premières éditions, par une société de savants sous la direction de MM. D. CHÉSUROLLES et L. BARRÉ. 1 fort vol. in-4 de près de 1,200 pages à 3 colonnes. . 15 fr.

Grammaire générale des Grammaires françaises, présentant la solution de toutes les questions grammaticales, par N. LANDAIS. 6e édit. 1 vol. in-4. . 9 fr.

Petit Dictionnaire des Dictionnaires français, par N. LANDAIS. Ouvrage *entièrement refondu*, et offrant, sur un nouveau plan, la nomenclature complète, la prononciation nécessaire, la définition claire et précise et *l'étymologie* vraie de tous les mots du vocabulaire usuel et littéraire, et de tous les termes scientifiques, artistiques et industriels de la langue française, par M. CHÉSUROLLES. 1 très-joli vol. in-32 de 600 pages. . . . . 1 fr. 50

Dictionnaire des Rimes françaises, disposé dans un ordre nouveau d'après la distinction des rimes en *suffisantes, riches* et *surabondantes*, etc., précédé d'un *Traité de Versification*, etc., par N. LANDAIS et L. BARRÉ. 1 vol. in-32. . 1 fr. 50

DICTIONNAIRE UNIVERSEL DES SYNONYMES

De la langue française, par M. GUIZOT. 7e édition. 1 vol. in-8, 12 fr., relié. 15 fr.

DICTIONNAIRE DE TOUS LES VERBES

De la langue française tant *réguliers qu'irréguliers*, entièrement conjugués, sous forme synoptique, précédé d'une théorie des verbes et d'un traité des participes, etc. d'après nos grands écrivains; par MM. VERLAC et LITAIS DE GAUX, etc. 1 beau vol. in-4. Nouv. édit. . . . . 10 fr.

VERGANI. Grammaire italienne en 20 leçons, augm. de nouv. leçons par MORETTI et revue par BRUNETTI. 22e édit. in-12. . . . . 1 fr.

DICTIONNAIRE DE MÉDECINE USUELLE

A l'usage des gens du monde, des chefs de famille et des grands établissements, des administrateurs, des magistrats, des officiers de police judiciaire, et enfin de tous ceux qui se dévouent au soulagement des malades.

Par une société de Membres de l'Institut, de l'Académie de médecine, de Professeurs, de Médecins, d'Avocats, d'Administrateurs et de Chirurgiens des hôpitaux : ANDRIEUX, ANDRY, BLACHE, BLANDIN, BOUCHARDAT, BOURGERY, CAFFE, CAPITAINE, CARRON DU VILLARDS, CHEVALIER, CLOQUET (J.), COLOMBAT, COTTEREAU, COUVERCHEL, CULLERIER (A.), DELEAU, DEVERGIE, DONNÉ, FALRET, FIARD, FURNARI, GERDY, GILET DE GRAMMONT, GRAS (ALBIN), LARREY, (H.) LAGASQUIE, LANDOUZY, LÉLUT, LEROY D'ETIOLLES, LESUEUR, MAGENDIE, MARC, MARCHESSEAUX, MARTINS, MIQUEL, OLIVIER (D'ANGERS), ORFILA, PAILLARD DE VILLENEUVE, PARISET, PLISSON, SANSO (A.), ROYER-COLLARD, TRÉBUCHET, TOIRAC, VELPEAU, VÉE, etc. Publié sous la direction du docteur BEAUDE, médecin inspecteur des eaux minérales, membre du Conseil de salubrité. 2 forts vol. in-4. . . . . 24 fr.

Demi-reliure dos de chagrin. . . . . 30 fr.

LE CORPS DE L'HOMME

Traité complet d'anatomie et de physiologie humaine, suivi d'un *Précis des Systèmes de* LAVATER *et de* GALL; à l'usage des gens du monde, des médecins et des élèves, par le docteur GALET. 4 vol. in-4, *illustré* de plus de 400 figures dessinées d'après nature et lithographiées. . . . . 90 fr.

ÉTUDE SUR LA GÉOGRAPHIE HISTORIQUE DE LA GAULE

AU MOYEN AGE

Par M. Max Deloche, de l'Institut. (*Ouvrage couronné par l'Académie des Inscriptions.*) 1 vol. in-4 de 540 pages, accompagné de 2 cartes. . . . . . . 16 fr.

ÉPIGRAPHIE GALLO-ROMAINE DE LA MOSELLE

Étude par Charles Robert, de l'Institut. 1re partie : Monuments élevés aux Dieux 1 vol. in-4 avec 5 planches photograv.. . . . . 15 fr.

LE NORD DE L'AFRIQUE DANS L'ANTIQUITÉ

GRECQUE ET ROMAINE

Étude historique et géographique par M. Vivien de Saint-Martin. Ouvrage couronné en 1860 par l'Académie des inscriptions et belles-lettres. 1 vol. grand in-8, accompagné de 4 cartes. . . . . 12 fr.

LES EMPORIA PHÉNICIENS

DANS LE ZEUGIS ET LE BYZACIUM (Afrique septentrionale)

Recherches sur leur origine et leur emplacement faites par ordre de Napoléon III, par A. Daux, ingénieur civil. 1 vol. gr. in-8, accomp. de 10 plans et vues. 10 fr.

MÉMOIRES ARCHÉOLOGIQUES

Saint-Clément de Rome. Description de la Basilique souterraine, récemment découverte, par Th. Roller. Grand in-8, avec 9 planches. . . . . . . 6 fr.

La cathédrale de Strasbourg, remarques archéologiques, par Alb. Dumont. Grand in-8. . . . . 1 fr. 50

Les peintures du Palatin, par L. Rénier et G. Perrot. gr. in-8 avec pl. 5 fr.

Restitution de la basilique de Saint-Martin de Tours d'après Grégoire de Tours et les autres textes anciens, par J. Quicherat. Gr. in-8 avec pl. . . 5 fr.

La stèle de Dhiban. ou *stèle de Mesa*, lettres a M. de Vogüé, par C. Clermont-Ganneau. In-4 avec planches. . . . . 5 fr.

Fragments d'une description de l'île de Crète. par Thénon. Gr. in-8. 5 fr.

Gargantua. Essai de mythologie celtique par H. Gaidoz. Gr. in 8. . . . 1 fr. 50

Recension nouvelle du texte de l'Oraison funèbre d'Hypéride, etc., par H. Caffiaux. Gr. in-8. . . . . 5 fr.

État de la médecine entre Homère et Hippocrate, par Ch. Daremberg. Grand in-8. . . . . 5 fr.

La Médecine dans Homère, par Ch. Daremberg. Gr. in-8 avec pl. . 5 fr.

Cavernes du Périgord. Notes sur des figures gravées ou sculptées d'animaux remontant aux temps primordiaux de la période humaine, par MM. Lartet et Christy. Grand in-8 avec figures. . . . . 2 fr. 50

Mémoires sur les provinces romaines et sur les listes qui nous en sont parvenues, par Théod. Mommsen, avec un appendice par Ch. Müllenhoff, trad. par Em. Picot. Grand in-8 avec carte. . . . . 5 fr.

Carte de la Gaule de Peutinger, avec de nouvelles observations par M. Alfred Maury. Grand in-8 avec carte. . . . . 2 fr. 50

Carte de la Gaule sous le proconsulat de César. Examen des observations critiq. auxquelles cette carte a donné lieu, par Creuly. Gr. in-8 de 100 p. 2 fr. 50

Les Voies romaines en Gaule. Voies des itinéraires. Résumé du travail des commissions de la topographie des Gaules, par Alex. Bertrand. Gr. in-8. 2 fr. 50

La Nouvelle table d'Abydos, par Aug. Mariette. Gr. in-8 avec une pl. 3 fr. 50

Sur les tombes de l'Ancien Empire que l'on trouve à Saqqarah, par Aug. Mariette. Grand in-8, 3 planches.. . . . . 3 fr.

Observations sur le texte de Joinville et la lettre de Jean-Pierre Sarazin, par Ch. Corrard. Grand in-8.. . . . . 3 fr. 50

Nouvel essai sur les Inscriptions gauloises, par Ad. Pictet. Gr. in-8. 3 fr.

La Chronologie biblique fixée par les éclipses des inscriptions cunéiformes, par J. Oppert. Grand in-8.. . . . . 2 fr.

Noms propres, anciens et modernes. Études d'onomatologie comparée, par R. Mowat. Grand in-8. 3 fr.

Un poëme de la fin du IVe siècle retrouvé par M. Léopold Delisle, recherches par M. Ch. Morel. Grand in-8. . . . . 1 fr. 50

Le passage d'Annibal du Rhône aux Alpes, par l'abbé Ducis. In-8 de 110 pages. . . . . 2 fr. 50

PARIS. — IMP. SIMON RAÇON ET COMP., RUE D'ERFURTH. 1.

www.ingramcontent.com/pod-product-compliance
Ingram Content Group UK Ltd.
Pitfield, Milton Keynes, MK11 3LW, UK
UKHW012050240726
13965UKWH00003B/1171